T0032259

El corazón del daño

El corazón del daño

MARÍA NEGRONI

LITERATURA RANDOM HOUSE

El papel utilizado para la impresión de este libro ha sido fabricado a partir de madera
procedente de bosques y plantaciones gestionadas con los más altos estándares ambientales,
garantizando una explotación de los recursos sostenible con el medio ambiente y beneficiosa para las pers

El corazón del daño

Primera edición en Argentina: julio, 2021
Primera edición en México: julio, 2022

D. R. © 2021, María Negroni

D. R. © 2021, Penguin Random House Grupo Editorial, S.A.
Humberto I, 555, Buenos Aires

D. R. © 2022, derechos de edición mundiales en lengua castellana:
Penguin Random House Grupo Editorial, S. A. de C. V.
Blvd. Miguel de Cervantes Saavedra núm. 301, 1er piso,
colonia Granada, alcaldía Miguel Hidalgo, C. P. 11520,
Ciudad de México

penguinlibros.com

Penguin Random House Grupo Editorial apoya la protección del *copyright*.
El *copyright* estimula la creatividad, defiende la diversidad en el ámbito de las ideas y el conocimiento,
promueve la libre expresión y favorece una cultura viva. Gracias por comprar una edición autorizada
de este libro y por respetar las leyes del Derecho de Autor y *copyright*. Al hacerlo está respaldando a los au
y permitiendo que PRHGE continúe publicando libros para todos los lectores.

Queda prohibido bajo las sanciones establecidas por las leyes escanear, reproducir total o parcialmente esta
por cualquier medio o procedimiento así como la distribución de ejemplares
mediante alquiler o préstamo público sin previa autorización.
Si necesita fotocopiar o escanear algún fragmento de esta obra diríjase a CemPro
(Centro Mexicano de Protección y Fomento de los Derechos de Autor, https://cempro.com.mx).

ISBN: 978-607-381-629-8

Impreso en México – *Printed in Mexico*

“Voy a crear lo que me sucedió”.

Clarice Lispector

Advertencia

La literatura es la prueba de que la vida no alcanza, dijo Pessoa.

Puede ser.

Más probable es que la vida y la literatura, siendo ambas insuficientes, alumbren a veces —como una linterna mágica— la textura y el espesor de las cosas, la asombrada complejidad que somos.

Es lo que busqué, Madre.

Darte, como en el Apocalipsis, un libro a comer.

Un pequeño libro de mi puño y cuerpo, seguramente errado en su tristeza, que fielmente fuera un censo de escenas ilegibles.

Algo así como un compendio abstracto donde yo misma pudiera entrar, lo menos tímida del mundo, a preguntar a nadie qué hacer.

Pensé tal vez que, en las bifurcaciones del camino, recordar podía equivaler a unir (y a perdonar).

Entonces valdría la pena.

Por los vericuetos de las páginas, yo podría mirar

las cosas que ni siquiera acaban, sin caer a asustarme, sin renunciar del todo a la intuición.

No sé si logré morder lo que buscaba.

No sé, lo que es peor, si era imperioso iluminar cada rincón del miedo.

¿No dijo Emmanuel Hocquard que lo que importa en todo artista es un problema gramatical, no un problema de memoria?

Me queda el consuelo de haber dejado cosas sin aclarar, algo que fructifique en el futuro como esas profecías que tardan años en ser alcanzadas.

A ese futuro, que puede estar en el pasado, lo apuesto todo.

No existe más fidelidad a los hechos que equivocar el rumbo o divagar.

M. N.

En la casa de la infancia no hay libros.

Patines hay, bicicletas, cajas de cartón con gusanos de seda, pero no libros.

Cuando le digo esto a mi madre, se enfurece.

Por supuesto había libros, dice.

No sé. En todo caso, no hay una biblioteca de ejemplares ingleses como la que tuvo Borges.

También de otra cosa estoy segura: una mujer difícil y hermosa ocupa el centro y la circunferencia de esa casa. Tiene los ojos grandes, los labios pintados de rojo. Se llama Isabel, pero le dicen Chiche, que significa juguete, pequeño dije, objeto con que se entretienen los niños.

En una escena interminable, la miro maquillarse en el baño.

Un hechizo de ver esa mujer. A las veces, hambre y golosía.

Adentro puro, enigma puro.

Mi fascinación la divierte. De vez en cuando, mira hacia abajo y me ve. Solo de vez en cuando.

Mi madre: la ocupación más ferviente y más dañina de mi vida.

Nunca amaré a nadie como a ella.

Nunca sabré por qué mi vida no es mi vida sino un contrapunto de la suya, por qué nada de lo que hago le alcanza.

Preguntas que no formulo, no entonces.

Solo intento adivinar lo siguiente vivo de las cosas.

Mi madre ante el espejo, igualita a Joan Fontaine.

Será coqueta hasta el final. Nunca le faltará el rouge en los labios, ni siquiera cuando su historia clínica compute veintitrés fracturas, cuando depure su estética de la enfermedad.

Mi madre afirma que había libros en la casa de la infancia.

Quién sabe.

¡Mirá qué suavita estoy!

Hay invitados a cenar y yo me embadurné el cuerpo con tu crema francesa.

Había una vez un antes, se perdió.

¿Alguien olvida una cosa así?

¿O la esconde en el regazo para siempre?

En ese antes hay marcas, gruesas como cicatrices, dispuestas a ser leídas, una y otra vez.

El rayo tiene una sola función: quemar.

Quema ilustrado, feroz.

La palabra *tupadre.*

La expresión *No contestes.*

Cuestas del mundo.

Vi vago el adelante de la noche.

Un libro no tiene ni pies ni cabeza, escribió Hélène Cixous.

No hay una puerta de entrada.

Se escribe por todas partes, se entra por mil ventanas.

Un libro es, al principio, algo redondo.

Después se ajusta.

En cierto momento se corta la esfera, se aplana, se la transforma en rectángulo o paralelepípedo.

Se da al planeta forma de tumba.

Se le pone un gabán de madera.

Al libro le basta con esperar la resurrección.

La casa de la infancia no figura en los mapas.

Muy cerca: acequias, terremotos, nieve, un río de piedras que se desborda en verano y se calcina en invierno. Árboles del paraíso y una calle cortada, donde no pasan autos: los chicos andan en bici, juegan a la mancha, al tinenti, al poliladron, las escondidas.

Incluso yo, cuando no estoy haciendo deberes, o escribiendo la palabra "necesidad", primero con "c", después con "s", en mi cuaderno de castigo.

Hay también la cantidad de pájaros felices, posados en las ramas.

Enorme y fría la casa de la infancia: mi madre prende estufas de kerosén que apestan.

(El comedor, dice, es una tumba; cuando me muera, pónganme calefacción en el cajón).

Tenías asma. No respirabas bien, nunca todavía no aliviada.

Una aridez progresiva, un clima de invencible soledad.

Te venían unos rugidos de pronto, te ponías de nervios, yo te miraba, quería comprobarte con qué ojos.

Te preguntaba adentro: ¿Comiste, lobo?

Como si fuera a sublevarme.

Qué esperanza.

Enseguida obedecía. Como antes y después, como la hija modelo y lisiada que era, como la nena más dulce del mundo, obedecía.

No sé hacer otra cosa.

Nunca supe.

Y al final, quedeme no sabiendo.

Con lo huérfano, allí abierto.

La palabra *bigudíes*. La expresión *humor de perros*.

Se escribe en soledad.

También, agregó Proust, se llora en soledad, se lee en soledad, se ejerce la voluptuosidad, a salvo de las miradas.

Hasta doblar las sábanas (algo tan nimio como eso), precisó Virginia Woolf, puede echar todo a perder, ahuyentar la escucha silenciosa de la que surge toda escritura.

El oído se afina en el encierro; lo que pedimos al texto también.

Un día empiezan a aburrirnos los libros que entretienen (ya lo advirtió Baudelaire, divertirse aburre) y nos volvemos adictos a la escritura indócil, la que acentúa su rareza, se concentra en la historia de nadie, los problemas de nadie, el significado del mundo y la eternidad.

Quien escribe calla.

Quien lee no rompe el silencio.

El resto es vicio.

Disposición a enfrentar lo que somos; lo que, tal vez, podríamos ser.

Ella escribió:

Querida hija, mi gran ilusión realizada,
mi única posesión enteramente mía.

Mi padre, en cambio, me llevaba al zoológico, me protegía del hombre de la bolsa, organizaba rifas, partidos de fútbol, murgas de carnaval con los chicos del barrio. También lideraba la banda de primos en Rosario cuando, a la medianoche de Fin de Año, asaltábamos la cocina de la abuela Tarsila y salíamos a la calle con ollas y cucharones, en medio de los cohetes, las luces de Bengala, las cañitas voladoras.

Amor que amé.

Cerro de la Gloria.

Su eterno recitado del poema de Garrick, actor de la Inglaterra.

Y, además, me cuenta cuentos antes de dormir.

El Rey Narigón es de una inventiva frondosa. Cuando al hermoso Rey le crece la nariz por culpa de la Bruja Rompevientos y se asoma al balcón (¿como Perón?), los súbditos le tiran tomates, zanahorias, cebollas y nabos, que la Reina junta para hacer el puchero de la noche. En otro episodio, el joven médico, que quiere curarlo para casarse con la princesa, escala el Aconcagua, le arranca la pluma de la cola a un águila, galopa hasta el Paraná, se hunde en el río, le pincha la panza a un cocodrilo que duerme en el agua y consigue que salga de su boca la poción mágica en una botellita de Seven-Up.

También me lleva al hipódromo, donde tiene un caballo, Yugo, y a visitar a Juan Gómez, su cliente más rico, que tiene un Cadillac amarillo y es dueño del primer canal de televisión de la ciudad.

Curioso, a veces también me lleva al cine.

Dice:

Las doce de la noche y todavía por la calle, ¿no te da vergüenza?

Vemos *El hombre del brazo de oro* y *El millonario*, donde Marilyn Monroe, su actriz favorita, canta *My Heart Belongs to Daddy*.

Un libro es una perplejidad de la claridad, anotó Edmond Jabès.

Escribir sería, en tal sentido, enfrentarse a un rostro que no amanece. O, lo que es igual: esforzarse por agotar el decir para llegar más rápido al silencio.

Saber *o* no saber. Saber *y* no saber.

Sobre esa paradoja y sus desvíos, se pregunta Juan Gelman:

"¿Se le ve algo al poema? Nada. Tiende una / mano para aferrar / las olitas del tiempo que pasan / por la voz de un jilguero. ¿Qué / agarró? Nada. La / ave se fue a lo no soñado / en un cuarto que gira sin / recordación ni espérames. / Hay muchos nombres en la lluvia. / ¿Qué sabe el poema? Nada".

De noche, en la cama, escucho a mi madre ir y venir por el pasillo.

Del comedor helado a la puerta de mi habitación, kilómetros.

Al fondo, el jardín: un cuadrado verde con una parra y pensamientos multicolores.

Conocía esos caminares largos, sin detenencia alguna.

La escucho ahogarse, parar un segundo y recomenzar.

Una vez me despierta de madrugada.

Me pone el tapado sobre el pijama y me lleva a buscar a mi padre al club donde juega al póker con sus amigos.

Tendría, qué, seis años.

A los gritos, desencajada, conmigo de la mano, se abre paso entre las mesas, el humo, el vaho a alcohol.

No sé cómo nos dejan entrar.

Uno que está apostando en la mesa de mi padre la frena en seco: Señora, ningún caballero que se precie abandona una mesa de juego.

No veo aquí a ningún caballero, dice mi madre.

Si no hubiera otro episodio en mi infancia, con este alcanzaría.

Están ahí la realidad como huella, la deducción pura, y el supuesto reino de mi omnipotencia.

¿Es la tristeza noticia?

No que no.

Más bien parece música galopando.

Llanura que se llena de un suceder, novedad quieta.

Con ese material escribo.

Matorral del alma.

También con ese material vivo, entreverando, desvalijando mundos.

Pongo en primer plano la intriga, le sumo el ángulo paranoico, le resto el error de entender. El resultado es un cuento gótico, a medio camino entre el cementerio y el monólogo interior.

Una pasión que incluye todos sus desvíos, sus trastornos, su distorsión.

¿De dónde sacás esas cosas?, preguntaría mi madre.

Mirá bien las fotografías, ¿querés?

(Ella siempre se remite a las pruebas).

Hay una nena ahí.

Una nena bien comida, bañada, peinada que es un primor.

Su mamá la cuida, la protege contra las paperas, la varicela, la rubeola, el sarampión.

Le pone un delantal blanco para ir a la escuela.

La ayuda a soplar las velitas.

La nena tiene un vestido de plumetí, con botones de nácar y una cinta de gros rosada, haciendo juego con el moño del pelo.

Madre de mí: nada me convence.

Yo insisto en lo vivido (un suponer); le ajusto su relación con el lenguaje.

La rabia me salva de la vida.

Dormía, por consiguiente, en lo habitual del miedo.

Como si no fuese una niña.

¿Estaba yo en los días? ¿En armarme de un repente?

¿En las anchuras de mi sueño calculaba un posible?

a ciertos besos
a la subida del invierno
    mejor no entrar
se ve demasiado
    o demasiado poco

¿usted sabe quién soy?
sí   una idea   una prisión arbolada
un gran lobo negro

¿qué clase de lobo?
mi pequeño sol de aquel lugar
esas nieblas

Eso escribí en *Arte y Fuga.*

Ninguna sosegación nunca. Ningún avisparse.

La vez de hablar no era llegada.

Comenzaron sobresaltos, me tragué el pavor, del todo siempre atenta a tus desplantes, tus ímpetus voraces.

Mejor dicho: se cerró una niña, se le crispó el rostro de dolor.

Quién sabe qué podía esperarse de un objeto en llamas.

La palabra *cuja*, la expresión *Me vas a sacar canas verdes.*

Por mi vida, Madre, tenías hambre, estalladamente tu obsesión sin nombre, las iras que ocultabas.

Y también artimañas: desfigurás los hechos; te sumergís, bufando, en los encierros.

A mí me dejaste sola en lo escriturado de la vida.

Como una autora intransigente frente a su propia infancia amada y desastrosamente rota.

Quien va de caza pierde lo que no halla.

Se vuelve rica de tanta pérdida.

La escritura es un asunto grave.

No basta con recoger los restos del naufragio.

Hay que instalar, en medio de las ruinas, las marcas de la obsesión.

Y después dejarse embeber, eludiendo el tedio de cualquier presente.

Todo lo que pide es ser *la intemperie misma.*

Tirar del hilo de la madeja de lo que no sabe, para hilar con eso un pensamiento ciego.

A veces, por esos vericuetos se llega lejos.

Se abandona la estupidez.

Se tolera el peso de lo escaseado.

A veces, a las rarísimas veces, se logra explicar *qué es una reina loca, cómo fue que se acostó con su madre, su padre, su hijo y su caballo; cuándo interviene la Muerte para escupir algún pétalo, y por qué la muñeca, al abrir los ojos, sin que nadie la vea, dice ¡Qué bida! porque no sabe hablar sin faltas de ortografía.*

El asmopul.

Una muleta para respirar a la que mi madre llamaba, ruidosamente, el chufi-chufi. Un tubito que desemboca en una pera de goma y que ella aprieta para que suba el remedio que la calmará.

El asma —lo entendí tarde— es una agilidad cansada de la mente, una tortura que nubla los sentidos, los dirige al fondo de una cueva donde la pena rige en su mismidad y no puede, por ende, ver a nadie.

Muchísimo menos, arropar a nadie.

Así, la niña que yo era esperaba en vano que ella me cantara un arrorró, que dejara el pasillo para venir a sentarse a mi lado, incluso en su dolencia mala.

Inútil.

Al final de los rumbos, la noche me pedía que avanzara sola a lo desconocido, no para conocerlo sino para amarlo.

Yo permanecía a oscuras.

En algún fin que el mundo contuviese.

En ese páramo, en tiempos de esos días, los sentimientos se destejían más rápido que la nieve y una coraza empezaba a cercar al corazón.

Cosa rara crecer.

Una se rodea como puede, si no de afecto, al menos de presencia, de caparazón.

A veces, imitaba la inteligencia. Otras, me perfeccionaba en el arte de interpretar los silbidos del pecho de mi madre, todo aquello que me hacía sufrir delicadamente.

(Mi muñeca preferida, la más linda, se llamaba Isabel).

Hubiera querido desaparecer ahí mismo. Destruir los pensamientos, esas pelotas de luz que, lanzadas contra la desdicha, a veces rebotan en las paredes del cráneo. Todo lo que pedía entonces era un poco de generosidad, algo que no exigiera más premio que mi pequeña existencia.

Lo pedía en la vez, todas las veces.

A sabiendas.

Muchas veces pensé que el pasillo —la interminable sustracción del amor que ese pasillo instauraba— me había bendecido.

Tuve que rendirme a lo inaudito, lo que llega porque sí, callado y sabio, como alimento cuyas propiedades se ignoran.

¿Aguantaría, de ese modo, existir?

¿Aparecer con menos?

Se diría que, de la mano del ángel asmático, atravesé una sola noche que fue todas las noches, el único pasillo de mi vida.

También fui atravesada por él.

¿Es posible escribir lo que se vive?

¿Tomar como punto de partida una pequeña huella y copiar sin comillas, como enhebrando, eso minúsculo que apenas ve nuestra miopía?

¿Será posible inventar la enciclopedia de un mundo que no existe?

¿Duplicar una exclusión con ritmo?

La poesía, escribió Henri Meschonnic, es la crítica que el ritmo le hace al signo y el afecto al concepto.

La esquizofrenia, quiso decir tal vez, puede ser útil: hay que ir en contra del saber porque cada saber produce su ignorancia propia.

Lo demás es el cuerpo.

El pensamiento que se da en la boca.

Lo que ve el oído, entre sordo y refunfuñado.

No hay subjetivación más grande.

Yo firmo con el apellido materno cuando empiezo a escribir.

Fui la hija mayor.

Tuve el privilegio de acaparar *toda* su atención.

Mi madre y sus tablas de la ley.

Su genio y figura, metiéndose de un salto en mi ascendente, mi luna dominante.

Su lista de lo que siempre es poco. Y de tan poco se vuelve mucho y sobre todo útil.

La tristeza puede mover montañas, transformar un foso de leones en una alfombra roja, lista para celebrar *la hora de la estrella*.

Me miraba a lo bajo. Los ojos hundientes. Enterrada en mí.

Marina Tsvietáieva: "¡Inagotable el fondo materno!

Con la altiva perseverancia de un mártir, exigía de mí ¡que fuera ella!".

También yo era, parafraseando a Arreola, el lugar de sus apariciones.

Te lo juro, Madre.

Me quedaba en tu campo helado, rodeada de sustos. También me quedaba triste en la voz.

Incansable corza detrás de un secreto oscuro.

Son cosas que no caben en hacerse idea.

En algún momento, empecé a escribir.

Un diario íntimo, primero.

Intentos de poemas, después.

Dije:

Parir o reventar.

Si encuentro una música, si sufro rítmicamente, si no me doy por vencida, tal vez logre desesperarme del todo y transformar el espanto en una máquina de resistir.

Acto seguido, desarrollé pericias, técnicas, métodos para conservar cadáveres.

Tanto esfuerzo para ser, apenas, un idioma de consonantes sin pájaro.

Le preguntaron a Edmond Jabès:

¿Cuántas páginas tiene su libro?

Exactamente ochenta y cuatro superficies lisas de soledad.

Dígame qué contienen esas páginas.

Lo ignoro.

Si usted no lo sabe, ¿quién podría saberlo?

El libro.

Me digo: la gente muere a veces.

Si no me falla la memoria, yo también moriré.

Moriré mucho. Y no en las lenguas que aprendí de grande sino en la que aprendí de entrada y sin miramientos, cuando me sangraba la nariz, y había que cauterizarme, porque me iba literalmente en sangre.

Yo era una chica aplicada, a veces me sacaba un 9.

¿Por qué no un 10?, preguntás.

Ese día la caricia no llega.

Se cortan con cuchillo tus frases.

Con el tiempo, las cosas no mejoraron.

(Las cosas nunca mejoran).

Siempre faltaba algo.

El elogio tibio, la figuración a medias no alcanzan.

Madre, cripta, nicho, altar.

Una mujer triste, en suma, que deliraba adentro de la niña que yo era.

¿No estaré enferma de tanta extrañación?

Te lo pregunto así de muerta.

Lupus in Fabula.

A pie de página: glosas, ecos, párrafos que son todo dientes, todo hambre, todo carencia, todo matanza y todo placeres.

"Un artista", escribió Flaubert, "debe ingeniárselas para hacer creer que *no* ha vivido. ¿Acaso Dios, presente siempre, visible en ningún lado, se dejó alguna vez conocer?".

Djuna Barnes le dio la razón: "Hay que estar apartado de la vida para entender la vida".

También Pessoa: "La vida perjudica a la expresión de la vida. Si viviese un gran amor, no podría contarlo".

Deleznable es poco.

No me dejé persuadir.

No quise ser una mariposa que ningún entomólogo pudiera fijar.

Preferí seguir con hemorragias. Sin dubitación. Sin paz del corazón.

Respiré lo más suelta de cuerpo, y me arrojé a la hoguera.

Lo hice bien, Madre.

Sin capitular, sin dar un paso a torcer, te sitié, circunvalé.

El resultado fue un inventario de ofensas, una carta-documento disfrazada de proeza heroica.

Escribí:

> *En una multiplicación de homenajes, ecos, estupor, esperanza, te diezmo, te saqueo. Lorigas, arneses, bridas, formación en escuadra, espuma por la boca,*

emboscadas. Aire lúgubre como un son de guerra. Con un fervor tan perfecto la belicosa…

La literatura es una forma elegante del rencor. (Qué frase escandalosa).

Aquello, al menos, lo inteligenciaba yo.

Un árbol genealógico extraño.

Del lado materno, ínfulas de alcurnia: institutrices, chofer, porcelanas, y otros lujos, tal vez, menos inútiles: mi bisabuelo Luigi, que había estudiado en Frankfurt, fue traductor de Rilke.

Del lado paterno, asturianos, gente de campo, analfabetos. Recién instalada en Rosario, en las barrancas del río, la familia abrió un almacén que despachaba bebidas. Todos los hijos, dos varones y dos mujeres, repartían pedidos por el barrio; todos fueron a la universidad.

A mi madre le tocaron el arte, la literatura y la música, pero también el orgullo, el desinterés sexual. La falta de calle, según mi padre.

A mi padre el Derecho, el dinero y la seducción, pero también el póker, los caballos. Los antros de perdición, según mi madre.

El cuerpo, en ningún lado (salvo en el cabaret, para él).

La política, en todos (especialmente en la saña, de ella).

¿Qué cosa monstruosa podía nacer de semejante unión?

¿Qué escena donde no estés, como siempre, en peligro y yo teniendo que sacarte de tu rol de reina insatisfecha?

La palabra *incordio*. La expresión *Allá vos*.

Me está costando mucho avanzar.

Escribir es horrible, dijo Clarice Lispector.

(Y después caminó por años, como una equilibrista, sobre la "celada de las palabras").

Yo diría que es también tramposo. Porque decora el dolor, le pone plantitas, fotos, manteles y después, se queda a vivir ahí para siempre, en la capilla ardiente del lenguaje, confiando en que nada puede agravarse porque si ya duele, ¿cómo podría doler más?

Todo es tan complicado, tan enteramente cierto.

O la vida es un viaje hacia la nada y la escritura un atajo.

O lo insoluble va más rápido que lo escrito y, cuando menos lo esperamos, se acabó el tiempo, y hay que decir *Adiós cosas*, porque no queda más, si es que algo queda, que una pequeña música nómade, a contramano del verano.

Hice un diccionario bilingüe en *Buenos Aires Tour.*

Definí como pude una serie de palabras —las que me obsesionaban— y las reuní bajo el título *Treasure Island.*

Escribí, por ejemplo:

Against: en contra de.

Body: ¿estás ahí? No sabe, no contesta.

Desire: un ataúd como un barco en el boudoir de la fantasía, la noche dice que no.

Fear: una niñita malcriada, un lápiz labial, un serial killer, hay cuervos sobrevolando esta escena.

Lovers: ¿Cómo se dice en inglés Only my death will never leave me?

Mother: pequeño dedal, arroró, cuidá bien lo que perdiste.

Reality: Fuck you.

Words: orfandad. La reina blanca sigue donde estaba, sobre el casillero negro.

Después dije:

Damas y Caballeros.

Pasen y vean.

No se pierdan el más inverosímil espectáculo del mundo, la más legendaria y fabulosa Utilería del Fracaso.

Les presento a mis Ilustres Marionetas.

La Muerte en persona, con su troupe de clowns, tragasables, contorsionistas y animales salvajes.

Y la siempre itinerante, única en su tipo, Exaltación del Eros, tan joven y con esa carucha de zorra.

Dije:

Hay batallas que no pueden ganarse ni perderse: esa es mi poética.

Tu cuerpo, Madre, apenas llegado, decía:

Estoy ausente.

A esto lo he llamado escribir.

Entrar en una morgue a buscar un cielo que me llamaba para cerca, su vuelo alrededor como un gran miedo.

Siempre se busca la noche originaria.

Lo sensorial a oscuras.

La única verdad *no* es la realidad.

Aparte de eso, tengo en mí todos los cuentos autistas del mundo.

El basurero emocional completo.

La puta vida, las costras del uso.

Esto, en suma, no es un libro.

Y si no es un libro, ¿qué es?

No sé.

Pequeño Museo de Cera I: Una muñeca toma el té con su mamá, que la pone en penitencia porque no agarra bien los cubiertos, porque le faltó el respeto y, sobre todo, porque no logra hacerla feliz aunque se desviva (la muñeca estudia francés, inglés, manualidades, teoría y solfeo, toma Redoxón, usa camisetas de lana, y es la criatura más deplorablemente dócil del mundo). La mamá tiene dolor de cabeza y, en sus ratos libres, lee *L'éducation de la poupée.*

Otros juguetes hacen su aparición: un osito de trapo, Mis Ladrillos, La Conquista del Himalaya, El Cerebro Mágico, el Ludo, El estanciero, y una escuela completa de madera con su Salón de Actos, su Cuadro de Honor, su Boletín de Calificaciones, las Notas que manda la Señorita y la execrable Bandera de los Abanderados.

La muñeca sigue en penitencia, llena diez páginas de un cuaderno sin faltas de ortografía como si fuera *Miss Perfect* y, a la mamá, el dolor de cabeza no la deja en paz.

La mamá oscurece la casa, pone fundas a los sillones, patines para que los juguetes no rayen el piso recién encerado, ordena no hacer ruido a la hora de la siesta y se va.

La muñeca cierra los ojos y después se pasa la vida entera en el agujero negro de las palabras.

Supe del exilio, por primera vez, en la casa de la infancia.

Mi padre anuncia un día, de buenas a primeras, que nos vamos a vivir a Buenos Aires.

¿Qué cosa horrible se esconde en ese nombre?

Me dio un recelo. Un menor gusto de estar oyendo.

El fin de lo bueno siempre llega. Conocí que estaba en vano protestar. ¿De qué me serviría?

Mi padre dice: Murió Juan Gómez, otro abogado hará la sucesión.

Dice: No importa, todo lo que sucede es lo mejor, Dios proveerá.

Para entonces, ya existe en la familia una "hermanita".

Una beba hermosa de la que tengo unos celos espantosos y a la que abandono un día a dos cuadras de casa.

Como en el caso de los libros, mi madre me desmiente. Esa historia la inventaste, dice. Nunca te hubiera dejado sola, en la calle, con el cochecito de la beba.

Vaya una a saber.

Como sea, después del parto, mi madre tiene flebitis y pasa meses en cama. Una abuela, la que menos me gusta, viene a cuidarnos.

Los celos duermen con la boca abierta.

Mi madre dice: *Celosía.*

Yo intentaba ser buena, del tamaño del cielo, la mejor.

¿No es todo amor una especie de competición?

No sé dónde está mi padre, por qué no me cuenta el cuento de Choele-Choel, con su famoso estribillo: Las comparaciones son odiosas.

Los ataques de asma empeoran.

Hoy no, mañana tampoco: frustraciones no alumbradas de cerca.

Hay chirlos, penitencias, me encierran en el baño si me porto mal.

Un día, mi madre desaparece.

Una cura de sueño, dicen.

Un hospital.

Llegan dos perros negros, malísimos, al jardín. No sé de dónde salieron ni de quién son y, sobre todo, por qué un día dejan de estar. Le pregunto a mi madre si esto también lo inventé.

¿De qué hablás? Nunca hubo perros en casa.

No me animo a preguntar por la cura de sueño.

Evito los sacrificios de conversar y más ver.

Más tarde, me informaré.

"La cura de sueño es útil para cuadros psicóticos graves o pacientes que han intentado el suicidio. Considerada terapia intensiva de la psiquiatría, exige supervisión. No se trata de poner los pacientes a hibernar, se trata de aislarlos de su entorno para aplicarles tratamientos apropiados, que incluyen varios tipos de descargas electro-convulsivas".

Tengo todavía diez años.

La verdad es un armario lleno de sombras.

Nunca nada anula nuestra infancia.

Me quedará un miedo a los perros para siempre.

Si tuviera que elegir una sola de las posesiones del mundo, elegiría esta escena de infancia: mi padre llevándome a cocoyo por el jardín de las cosas.

Desde lo alto, la realidad se puede inventar.

También se puede ver cómo es: imposible.

Ico caballito.

Algunos libros nos llevan a cocoyo también. Son como calesitas, en cada vuelta descubren algo, lo hacen cesar y reaparecer y, a veces, hasta consiguen aliviarnos del conocimiento.

Estoy contando mis capas, mis anillos concéntricos, como si fuera un árbol.

Quisiera saber si existo de verdad, si mis aros visibles hablan de una edad o un estado de conciencia o algo, no importa qué.

En la escena de la infancia, está el mundo.

En la de la escritura, también.

El mismo desorden, la misma felicidad inasible: cada palabra un soldado de plomo, cada sílaba una sortija, cada letra, el vagón de un trencito eléctrico que pasa por las estaciones con su infalible carga imaginaria y regresa, siempre, al punto de partida.

Vuelvo a treparme a cocoyo de mi padre.

Como un pensamiento que no quisiera alcanzar lo que piensa, me quedo quieta.

¿Cómo no esperar alguna recompensa?

Miro para todos lados.

Me pregunto dónde se esconde la tierra negra del cuerpo, la ignorancia que nos lo enseñaría todo.

Círculos del árbol, círculos de la calesita, círculos del tren eléctrico: sigo girando sobre mi padre en el jardín de la vida.

Quito, una a una, las capas de lo visible que me impiden ver.

A lo mejor los libros son también eso: un viaje a la transparencia.

Escribo para no morir.

Debajo de esta frase hay otra y otra más.

No sé cuáles son esas frases.

Soy, acaso, esta larga y lenta mirada de la niña que fui, sobre el centro radiante de la incomprensión.

Se dice de un autor o de una autora: escribió el entierro de un pájaro. Como se dice de alguien: tuvo una arritmia severa, habrá que pasarle furosemida en suero.

Esa desconsolación.

Todos nacemos, se sabe, como Atenea, de un fuerte dolor de cabeza. Ese dolor de cabeza tiene la voz ansiosa, los ojos pisados.

¿Qué estoy diciendo?

¿Quién habla de mí, por mí, en contra mío?

¿Quién puede saber, en lo solo de lo vago, cómo se escribe un exilio?

Como el Ángel de la Historia de Benjamin, voy mirando hacia atrás y me empuja un viento.

En el viento se acumulan ruinas de tu figura, Madre, sin ningún orden:

mujer hermosa – beba de pecho – ser insufrible – niña vieja – anciana mucho – alma invisible.

En el viento se pierde todo, y todo subsiste.

Trozo de noche en pleno día.

Por años tosí con esmero, te imitaba bien.

Me quedaba afónica, sin ninguna razón.

Mi madre consultó a un otorrino.

Hay que extirpar las amígdalas, señora. De lo contrario, esta chica seguirá haciendo anginas a repetición.

Yo lo escuché discordada.

Le vi una cara de extrañoso aspecto.

Pero no pude oponerme: me operaron a los pocos días.

Sin más prólogo que una fe en los hechos por resultar.

Las afonías siguieron.

Eso no me impedía estudiar, recitar los casos del latín, sobresalir, no importa en qué.

Así fue como fue.

Muchos años después, una maestra de yoga me dijo, sencillamente:

Sufrir es una decisión.

Una decisión *cognitiva*, agregó.

Ah.

¿Por qué seguir bebiendo a la salud de tu desdicha?

No supe contestar.

También opinó una astróloga:

Tenés una carta astral del Tercer Reich.

Un horror, nunca vi nada igual.

Así es.

Me ato a la biblioteca.

Me atornillo al cuaderno.

Borro la palabra “vacaciones” de mi diccionario.

Nada de tocar de oídas.

Nada de hacer las cosas al tuntún.

Pispear no te llevará a ningún lado, salvo a la desidia, la inercia, la abulia, la dejadez, la molicie, Dios nos libre y nos guarde.

Todo sea por el ruido de la ausencia de ruido, la claridad de la confusión.

Te debo una lealtad, Madre.

Algo así como integrar, también, el cuadro de honor de los suplicios.

Me defendí como pude.

Opuse a tu figura espesa, la fragmentación; a la grandeza de tu ficción, el encanto de lo microscópico; alcé barricadas ante la falta de límites.

Azules de un azul.

Quería verte aún y aún.

Morder tu olor, tu música de trapo.

Después me perdía entre los riscos, como una cabra huraña, que sube sola al monte, eludiendo obstáculos.

O bien me encerraba en la cueva, único lugar habitable, único apto para esconderme (supuestamente) de vos.

Lo importante era el gesto separatista.

La singularidad como sintaxis. El prestigio, un poco ingenuo, del anacronismo.

Me estoy adelantando.

La palabra *escorchar.*

La expresión *Mirame a la boca cuando te hablo.*

La infancia dura una década.

Exactamente diez años, preparándome para el gran desvío.

Escribí:

> *Hay una fotografía en blanco y negro en que estamos las tres: Mamá, mi hermana y yo. Mamá tiene un solero a cuadros, gris y blanco, el pelo negro, una sonrisa joven. Mi hermana es un renacuajo con un dedo en la nariz. Yo —once años contra el sol del balcón que da a la calle Azcuénaga— presagio la tristeza. Por mis ojos, negros como no los tuve nunca, cruzan barcos guerreros, lanzas y hombres hambrientos de poder, es decir deseosos de mujer. Veo que los barcos se acercan y que aún no he decidido: a) si quiero que los barcos se hundan, y con ellos los hombres y todo lo demás; b) si yo misma he de apurar las armas y subir a los barcos; c) si he de ignorar a los barcos y quedarme al lado de Mamá para siempre, pero eso se parece demasiado a la muerte.*

Este poema, incluido en *El viaje de la noche*, se llama "Encrucijada" pero pudo haberse titulado, también, "Primer golpe de adolescencia".

Los cambios se multiplican en Buenos Aires, traen a la ciudad del cuerpo la sangre mensual, estar pálida mucho, hacerse "señorita".

A veces parecía una niña gris, recostada en el balcón de ver nubes.

¿Estaba yo sabiéndome?

Si no me equivoco, por entonces empiezo a esconderme en los libros.

A buscar islas desiertas, selvas de fieras salvajes, fiebres del oro y ríos donde las leyes son otras.

Es mi modo de tolerar la indigencia, su garganta insuave.

En la fotografía del poema, yo soy la nena a la izquierda, la del raspón en la rodilla. Estoy clara y reciente, atrozmente nítida, como si preguntara:

¿Se producen besos?

¿Vienen daños de este cielo ambiguo?

Del balcón a los libros, el miedo y el encantamiento conducen a unos aposentos donde rige el pasado pero también son recién las cosas, se están haciendo ahora, en blanco y negro, sobre la página.

Esa caída en la noche, díscola y turbia, es la literatura.

Lo tiré todo al naufragio.

Bebí sus aguas negras.

El corazón se me llenaba de piedras.

Pequeño Museo de Cera II: De tanto en tanto, la mamá clasifica fotos de la muñeca.

Ahora, por ejemplo, las esparce y ordena sobre la mesa y, a cada una, le pone un título: hija en patines – hija con fiebre – hija encerrada en el baño – hija muerta de celos – hija leyendo.

La muñeca, ella, no está.

Se fue a la escuela.

Salió llevando una marioneta muy alta y muy pesada, que tiene sus mismos rasgos, su misma dulzura engañosa que abriga una rabia inmensa.

Cuando la maestra aparece, la marioneta, que la muñeca sentó a su lado en el primer banco, dice: "Existimos tan poco".

La maestra empieza a los gritos: "A la escuela se viene a estudiar, no a sembrar el caos ni las ideas subversivas".

La muñeca no presta atención, ocupada como está en dibujar los secretos de la clase muerta.

Tardé en saber, en cambio, que escribir es penoso.

No se incuba un libro así nomás.

Hay que gestarlo despacio, hurgar hasta dar con la carta infectada que, expuesta a la vista de todos, se oculta en él.

A esa carta le faltan letras, le sobran letras, dice siempre lo que no dice. Y encima, va dirigida a sí misma. ¿Cómo enviarla?

Se escribe, dicen, con una mano arrancada a la infancia.

Esa mano ama la repetición.

No aprende a aprender.

Saca alegría de las cosas tristes.

La palabra *no*. La expresión *¡No es no!*

¿Será que amor no hay si no es con luto?

Hay dolores así, truculentos, que eligen lo hogareño de sufrir.

Mi madre siempre fue la dueña del lenguaje.

La guardiana de la joyería verbal, con todas sus prosodias, sus locuciones, sus formas adverbiales, adjetivas, nominales y, sobre todo, adversativas.

Un aula entera de retórica adentro de la niña que yo era.

La mujer es el vaciadero del hombre, decías.

Tengo pruebas.

Lo repetías a diario.

Y yo me imaginaba a los hombres como bestias, eyaculando noche y día, en los agujeros de los árboles.

Así hablaba la Autora-de-mis-Días.

Con sus palabras mordaces, que usaba como cuchillos (y a veces, como púas delicadas), adivinaba la sombra de las cosas, el sarro del pensamiento.

Decía: solo yo tengo embestida en la música, pensamiento en la sangre, rostro en la tiniebla.

Sabía dónde y cómo herir.

Anulaba al contrincante, más rápida que un lince, lo suyo era un destrozo extraordinario.

Una mujer desasistida, de manos descarnadas (como las mías), que exportaba ansiedad.

Yo la escuchaba a grandes bocanadas, con sensatez a las oscuras.

Mosquita muerta aprendía la lección, esperaba el turno que me viniera de dirigir esa orquesta de sentimientos crueles.

Ya lo dije: le robé el vocabulario, exacto e irritante, sin privarme de nada, en *La jaula bajo el trapo.*

Nunca no vi tanto tullimiento. Tanto ir y venir de agujero psíquico a agujero psíquico.

Fue un primer talento de abordarla.

Una misión suicida a fin de reducirla.

Falsa alarma.

Tuve *El Tesoro de la Juventud* en mi biblioteca adolescente.

Pasaba horas en su compañía, sin saber qué me gustaba más, si el revoltijo de imágenes o las amalgamas que superponían todo: la geografía y la puericultura, las instrucciones para armar un acuario y los reinos de la naturaleza, los pasatiempos y el libro de los porqués.

Intuí pronto que en esos prolongares yo nacía, afianzaba el primer sueño, la cantidad de deseo.

Y que prefería esa quietud —es un decir— al tiempo siempre insulso que pasábamos en la horripilante placita Las Heras con Francisca, la chica que trabajaba en casa.

Siempre fui adicta a las enciclopedias.

Muchos años después, con el dinero de una beca, compré la *Encyclopedia Britannica* en la librería Strand de Nueva York.

Más tarde aún, transformé la adicción en teoría.

Tuve la audacia de decir que la tecno-arcadia del Capitán Nemo y la *Enciclopedia de ciencias, artes y oficios*, de Diderot y D'Alembert, son equivalentes. También, que existe afinidad entre la colección de "histéricas" de Jean-Martin Charcot, el *Diccionario de lugares comunes*, de Flaubert, las cajas de Joseph Cornell, los falansterios de Fourier, el *Mundaneum*, de Le Corbusier, las taxonomías de Linnaeus, las exposiciones universales y ese texto inclasificable que es *La biblioteca ideal*, de Raymond Queneau.

Vaya una a saber.

Las mezcolanzas son mercados de pulgas de la imaginación.

Bienvenidos a la salvación y perdición simultáneas del poema.

Escribí:

Toda chica avispada lee novelas.
La página imita al desierto.
La muerte se nutre de tanto ayuno.

Una herida saca a otra herida.

Las madres son peligrosas.
Red shoes run faster.

De todos los juguetes del mundo, prefiero
[las nenas quietas.
¡En sus marcas! ¡Listas! ¡Ya!
A buscar la bífida lengua de la madre.

De una letra a otra, el atajo es otra letra.
La infancia está en la luna.
Continuará.

Siempre detesté la calle Azcuénaga.

Había escaseces de todo tipo, abstenciones.

Y también sobraban pleitos.

¿Te lavaste las manos?

Sentate bien.

Para algo están los cubiertos.

Parecía que un dios, dispensador de irrealidad, se hubiera abatido sin tregua sobre la escena doméstica, dejándonos a merced de pájaros temblando.

La situación empeoró.

Mi padre se fue de casa.

Se habrá hartado, pensé, de tus reproches.

Que el vicio, que los burros, que todos los santos domingos de tu vida dejándote sola, y ahora, encima, en una ciudad nueva, con dos hijas chiquitas y sin plata.

Alguien dijo: un asunto de faldas.

(Dijo exactamente así).

Mi madre respondió:

Amigotes. La culpa es de esa manga de atorrantes. Unos carreros todos.

Y enseguida agregó:

Nunca le faltaron las camisas planchadas.

Ni un plato de comida en la mesa.

Ni un hogar decente.

Después mascullaba sola.

¿Qué más se puede esperar del hijo de un almacenero?

Las barrancas se le notaron siempre.

¿Cómo podía yo saber?

Lo cierto es que se las vio negras.

Consiguió un trabajo de bibliotecaria en un colegio de curas, a dos cuadras de casa. Con el trabajo, llegó también su "director espiritual", el padre Novoa, un gordo repulsivo, libidinoso, de sotana sucia, que a veces nos visitaba.

También llegó un rosario de cuentas rojas y un Sagrado Corazón de Jesús con hojas de laurel, que Francisca colgó en la cabecera de tu cama.

Aquel invierno, empezaste a agitarte cada vez más, no solo por el polvo de los libros.

Me dice que tiene frío, me pide que me acueste con ella, que la abrace, que sea su mantita.

El pedido se repetirá.

Las crisis la volvían despótica.

Imprecaciones hubo.

Vehemencias.

La casa huele a jarabe, el jarabe a naftalina, la naftalina a pañuelos de seda que se queman y agujerean sobre las pantallas, y los pañuelos a un pájaro de camisón blanco que va y viene por mi cabeza, con su mañanita rosada de matelasé encima.

Un escenario, lo que se dice, escalofriante.

¿Qué hacer con semejante economía negra?

Noche y día, desfilan médicos y enfermeras que ponen enemas, ventosas, inyecciones, supositorios, corticoides.

Valium para sedarte y Stelapar para arrancarte, por un rato, de la depresión.

Más tarde, se transformará en "policonsultadora", el término es de su médica clínica. Llevará un registro pormenorizado de sus caídas, fracturas, cirugías, radiografías, infiltraciones, todo minuciosamente ordenado por fecha, especialista, hospital.

Así se dirimen las pugnas entre felicidad y desdicha.

Así, también, se ejercita el arma de la vulnerabilidad.

Recriminando.

Mi hermana y yo la miramos.

Yo viví para ustedes, dice.

Cierto.

Me sacrifiqué por ustedes.

Falso.

La palabra *cuchitril*.

La expresión *No sos quién*.

Podía rumiar un reproche por años. Su franqueza es cortante, su atención brutal.

Cualquier ataque de asma se transforma ahora en derrota. Te embravecías muy peor. Amenazabas con tomarte el frasco entero de pastillas. Ibas y venías por la casa, despeinada, con un deshabillé espantoso.

Hay que darte el chufi-chufi, buscar farmacias de turno que vendan los benditos calmantes.

¡Voy yo!

Me mira y dice que quiere morir.

Yo me exaspero, doy la mano a la hermana pequeña.

Dos niñas de mármol.

No quiero que nos deje solas. No tan todavía solas, ni tan enteramente, sin su amor friolento, en el jardín de la experiencia.

Con el desmorono, empiezo a escuchar un ruido: el motor implícito de la escritura. Lo que será después mi poesía, nuestro secreto tácito, un pacto entre las dos.

Empiezo a reunir cosas, o bien sombras verbales de cosas, para enterrarlas más tarde en algún libro que tendrá, como todos los libros, la forma de una caja.

Un féretro para un diálogo de muertos.

El resto del día, seria y apartada, hago deberes, leo historietas de *Archie* o *La pequeña Lulú*, miro episodios de *Lassie.*

La salvación es un golpe de astucia.

Después me encierro en el baño, paso horas mirándome al espejo, cubriéndome con una toalla los senos pequeñísimos, para parecerme a Marilyn Monroe.

Baudelaire definió a la belleza como un sueño de piedra.

Quiso decir tal vez que, en la experiencia estética, interviene algo del orden del crimen y de la taxidermia, que todo artista es un dealer de la muerte, que canibaliza la vida y la transforma en fantasma material.

Balzac complejizó la idea.

Hace falta un talento enorme, dijo, para pintar un vacío.

Su pintor Frenhofer, de *La obra maestra desconocida*, lo sabe bien.

El retrato de la mujer amada, que prepara hace años en su atelier secreto, no es viable.

(Cuando al final lo muestre a sus amigos, estos solo advertirán un caos).

Algo muy grave ha tenido lugar mientras pintaba: una percepción tan densa, tan pegada a los deseos menos lícitos, que se volvió clara, intolerablemente clara, es decir, invisible.

A la tela manchada de Frenhofer, E. T. A. Hoffmann opone una tela virgen.

Su pintor Berklinger pasa las horas en trance, sin tocar un pincel, hipnotizado por algo que solamente él ve. O, lo que es igual, pinta sin necesidad de pintar. Mi cuadro, dice, no se propone significar sino *ser.* De ahí que, en su tela blanca, se yerga un vacío, una suerte de *temps retrouvé*, sin sostén.

La creación, pareciera, no es un destino envidiable.

Hay que avanzar a ciegas, sin poder recuperar (o retener) el cuerpo, salvo como alien o muerto que retorna.

Un día, a la hora de la siesta, mientras juego a insinuar un escote ante el espejo del baño, la escucho llorar.

Con las defensas bajas, como para un auxilio, está llorando.

Es un haber de sombras.

Un llanto antiguo, gutural, reacio a todo amparo. Una suerte de alquimia invertida de cualquier triunfo, incluso potencial.

Yo, niña muy todavía en lo suyo, me quedo inmóvil.

Detenida asombradiza, esperando qué.

¿Que se me pase la verdad?

La palabra *buche*. La palabra *tilinga*.

La expresión *Ni que fueras retardada*.

Algo está ocurriendo, y es altamente grave.

Ya lo dije: mi madre es el gran amor de mi vida.

La medida de todas las cosas, las que por cierto así son, las que por cierto así no son.

Un amor emperrado como un coágulo.

¿Por qué llora esa mujer?

¿Qué infortunio la acosa ahora? ¿Qué la trae desquiciada? ¿Qué relato en tránsito hacia la irrealidad?

Preguntas en carne viva.

Pasan siglos, horas, segundos, sin ningún entrever.
Pasa un cortejo para un objeto ausente.

Escribí:

apenas un intenso
aburrimiento
en compañía de nadie
y aparecen
cosas nunca vistas

:

un pájaro enterrado
en la nuca del pájaro

Los versos figuran en mi libro *Exilium*.
No recordaba esa imagen.
Tampoco este sueño de *El viaje de la noche:*

Tuve que viajar a Nevada para verte. Una gran planicie rodeaba la casa donde me esperabas con una túnica blanca, más alta que de costumbre. Presentí que la casa existía en la memoria, cosa que confirmaste atravesando con tu brazo el hielo que suplantaba ahora a las paredes. Acostumbrada a esconderme en las palabras, quise darte una carta. Esa carta hablaba de las diferencias del río: lo que fue, lo que es, lo que será. Pero vos eras el río y la imagen del río, visto desde la altura (quiero decir, la furia misma). Me miraste, morada de ternura, bajo el color inconstante de la niebla. Terminé por tratar de pinchar la carta a tu plumaje. El pico tembló ligeramente. Me dejaste a merced de la felicidad, contemplándote, ahora que eras un enorme pájaro blanco.

Así es, Madre.

Hay pájaros que ponen huevos de hierro.

Los libros son la música de un saber que se ignora.

Yo hubiera preferido no haberte oído el llanto.

Pero la vida es algo extenso, no siempre puede ir junta, resolverse enseguida y simple.

Vos decías:

¿Qué querés? ¿Una vida como la mía? ¿Casarte? ¿Tener hijos?

Largas tus peroratas de respiración comida: te despachás a gusto.

Y tu objetivo claro, tan enteramente cerca del orgullo y la noche.

Cualquier cosa, menos someterse a un hombre, al áspero de sus tratos, dentro y fuera de la cama.

Cualquier cosa, menos depender de él, financiera o emocionalmente, y ahí volvía la imagen del vaciadero del hombre y el agujero en los árboles, y a cada rato la palabra *tupadre*.

En la habitación de al lado, sigue sonando el llanto.

De no acabar, de no saberse cómo.

Entonces tomé la decisión.

Bien que la tomé, en plena algarabía, con inconsciencia plena.

Dije:

Nunca más, por la nada del mundo, me miraré al espejo mientras me cubro los senos.

No olvidaré un segundo lo doloroso tuyo.

Por los meses, por los años, teniendo esa sola cosa en mente.

Piedra oscura del mundo.

Me quedé acallada por las dudas, no quería alertar a lo más triste, quedar curtida en desgracias.

Salgo del baño en silencio, voy a mi cuarto y bajo las persianas.

Bajar las persianas, diría mi profesora de yoga, es *otra* decisión *cognitiva*.

Christina Rossetti: *I lock my door upon myself.*

Estoy clausurando algo y no sé qué es.

Este recuerdo no es corregible por mi madre, nunca se lo conté.

La palabra *angurrienta* y la palabra *hucha*.

La expresión *Vos sabrás*.

El corazón es estos pormenores.

El extremo es una elección.

También es un arte.

No es fácil llegar a un delirium tremens.

Lo que se busca es arrastrar el centro al borde (¿pero cuál centro?, ¿qué borde?), y allí quedar clavada, como una mariposa, en el desierto no nacido de la voz.

Siempre hay un libro en el desierto.

Y viceversa.

También hay daños colaterales.

El sacrificio de un hijo o de una hija en un altar de piedra.

Isaac.

Ifigenia.

El mutismo se vuelve ruin, crecen tensiones entre lo que no se muestra y lo que no se quiere (o no se puede) mostrar.

Como en el film de Tarkovsky, el viaje a la "zona" lo ofrece todo, a condición de atravesar el campo minado de la vida.

A esa audacia la llamé fijación: método del discurso para la observación de nada.

Estoy entrando en la adolescencia.

"El pájaro rompe el cascarón. El cascarón es el mundo. Quien quiera nacer tiene que romper un mundo. El pájaro vuela hacia Dios. El dios se llama Abraxas".

Avanzo sin más calle privada que la confusión.

Sin más puntos de referencia que una choza muy en soledad, la rebelión de un río lleno.

Animal deslumbrado y trompudo.

Aquí llegó Balá, mezclado a la expresión *No dejes-todo-tirado-esto-no-es-una-covacha*.

Mi cantidad de insolencia. Tus árboles dañinos.

Parezco puesta ahí por el lenguaje.

Una suma de enconos, prosas con mala intención, en busca de un bestiario anímico, es de no acabar.

A esa deriva lo apuesto todo.

Comienza la infancia de la obra.

Había visto *Children's Trilogy* en el Anthology Film Archives de Nueva York.

En una de las tomas más bellas de la película, una nena de diez años, montada en un caballo blanco, cruza el cuadro desnuda, cubierta por su cabellera rubia, como si fuera una versión minúscula de Lady Godiva.

El estupor fue tal que, al día siguiente, volví a la cinemateca y conseguí una copia del fotograma.

Me tomó días darme cuenta de lo más obvio.

El director, Joseph Cornell, aludía con esa imagen a una especie de infancia muerta. Pero no era eso, o no tan solo, lo que me había impactado.

Algo se escondía en la desnudez abierta de la nena, algo que se perdería para siempre cuando terminara de cruzar el cuadro.

Y yo quería descubrir en qué consistía esa pérdida, exactamente.

Escribí, como de costumbre, observaciones nómades:

La desnudez es un fruto abierto. Tal vez, si un dios sostuviera a la nena ante un fuego, podría quemarle la mortalidad. Pero en este paisaje no hay dioses. Hay un castillo donde germinan las fiestas, la batalla, la noche de alas negras y la doble puerta de la visión interior. No es poco. La nena avanza. El pelo que la cubre la exime por ahora del más arduo deber divino: hacer el amor. Pero la cacería amorosa, con sus lunaciones, sus ciclos de sangre, su encantamiento y su precio, ya la persigue. El vientre de la oscuridad, sin hacer ruido, le va detrás. La muerte no arroja sombra.

También retornará, cambiada, la escena del club de póker.

Esta vez, mi madre me arrastra al café Tamanaco, en la esquina de Santa Fe y Azcuénaga, como testigo de la reconciliación.

Hace un año que Papá no vive en casa.

Un año paupérrimo, en que casi no lo vemos. Se acuerda poco de la hermana pequeña y de mí: apenas si nos lleva al Ital Park algún domingo y es horrible: ninguna de las dos sabe qué hacer o decir.

Mi madre me da instrucciones precisas para la reunión.

No te muevas de escuchar. Tenés que grabar bien en la cabeza las promesas de *tupadre*, las habrá.

No me lleves a tu quehacer con vos, debí haber dicho.

No sé por qué Papá se lo permite.

Por qué supe tan tarde que obedecer *no* es una virtud.

Me esfuerzo por mirarlos como si no entendiera.

Me empecino en una composición de tema libre.

Quisiera escribir un texto que contuviera un árbol, un pájaro en buen estado, una tarde que declina, una mueca de lenguaje así de grande.

¿Era eso morir?

Era eso.

Mi madre mueve las manos. Son las manos más solas del mundo. Las mueve sobre la mesa escabrosa, dividiendo el mundo en objetos propicios y nocivos.

Parecías sumida en pensamientos. Los más grandes que el pensamiento pueda pensar. Como si esperaras la llegada tarde de tu felicidad.

Es de día.

Se oye el runrún de una lluvia.

No sé qué esperan de mí, qué podría darles yo en esta situación.

Tengo trece años, me porto bien, hago mis tareas sin chistar, y estudio de memoria el libro de Ediciones Paulinas que mi madre me regaló.

"Toda chica debe conservarse pura para el matrimonio. No debe salir de noche sin el permiso de los padres. No debe subir sola al auto de un muchacho. No debe usar ropa apretada o provocativa. No basta con ser buena, hay que parecerlo".

En una palabra, no sé quién soy.

Tampoco sé qué necesito, si pudiera necesitar algo.

Ellos hablan y yo avanzo, trastocada la hora, entre esa luz y ninguna, por la avenida de algún miedo, repitiendo palabras desconectadas, con mala intención: *milkibar, tapioca, cachivache, cartulina, simulcop.*

¡Vilma, ábreme la puerta!

Hasta que al fin se me ocurre.

¡Vuelvo a bajar las persianas dentro de mí!

Que se callen, que me dejen en paz de una buena vez.

Presiento que va a empezarme un dolor de cabeza.

Es mi forma de evitar, por ahora, el cáncer de las cosas.

Ese refugio es la antesala de la poesía.

La poesía, lo entenderé después, no tiene interés en temas ni en personajes. No cuenta historias. No inventa mundos. En el ruido de hoy, da a escuchar un silencio.

Enseña a preguntar (y a perderse).

Reemplaza lo que no hay por la alegría, acaso incongruente, de intentar nombrarlo.

No pongas esa cara.

No te aguanto más.

Vas a ir pupila a las monjas de La Annunziata.

Mis padres siguen hablando.

Allá ellos.

Yo miro los pájaros que tardan, el árbol sin raíces, la declinación de la tarde que todavía no ocurrió.

Después permanezco proclive, no siempre opuesta a mis modos.

Lo dijo la filósofa María Zambrano: escribir es defender el silencio en que se está.

(Todo gesto de Dios es silencioso y por eso está escrito, enseñaba un sabio).

En otras palabras, el silencio es la defensa del texto, su salvaguarda, su manera de acallar, por un instante, la obviedad del mundo, de hallar *una moneda de inquietud* donde resuene, como un *saber del alma*, eso que somos, en todo su esplendor y su misterio.

La reconciliación trajo cambios: nos mudamos a un departamento enorme a metros del codo de Arroyo.

Una elegancia sobria, propensa a ocasiones.

De golpe, hay amigos de doble apellido, copetudos que van a misa al Socorro y después se juntan a perder el tiempo en el bar de la esquina.

Mucho uniforme, mucho apellido, mucha escuela privada, dice mi madre, no valen nada, son unos zánganos.

También hay fiestas de largo, cadetes de la Escuela Naval, partidos de polo, veranos en Playa Grande.

Y hasta un auto, con el que me enseñás a manejar.

(Y a vos, ¿quién te enseñó? Había olvidado que, ya en la casa de la infancia, manejabas un Volkswagen).

Pero el mar de fondo es el mismo: la misma orgía de pureza en que nos encerrás, la misma confusión de quién es quién.

¿Descanso?

Nunca, ni los domingos.

Ni siquiera el Día de la Primavera, cuando mis compañeros se van de pícnic al Rosedal o al parque Pereyra Iraola.

Te debo esta destreza, Madre: saber decir que *no* a las distracciones. Me refiero a las fiestas, las presentaciones de libros, las murgas de carnaval, los asados, los cumpleaños y demás incordios sociales.

Lo único que siempre quise fue ser el foco exclusivo de tu atención (y así disimular tu deserción masiva de mi cuerpo).

Hoy es domingo.

Llueve.

Dentro de poco, seguramente, sonará el teléfono.

¿Por qué el mundo no me deja en paz?

Giovanni Battista Meneghini lo contó con lujo de detalles en su libro *Mi mujer, María Callas*.

Al parecer, al menor roce con su madre, incluso telefónico, la soprano enfermaba.

Le había robado la infancia, decía, forzándola a entrenarse como un perro. Día y noche, noche y día, sin parar.

La voz, el tempo, la postura.

La madre argumentaba:

¿La pasión precaria de los cuerpos? ¿El goce de la carne? ¡Acostúmbrate al desierto! ¡No hay razón más suprema que el prestigio!

La niña se habrá dicho:

Con su exigencia, mi madre pone de relieve el déficit del mundo, me lo devuelve como materia opaca. Y así me enseña a hacer las paces con una plenitud inviable.

A ganar mi propia pérdida.

Sí, iré hasta el fin.

Seré capaz de atestiguar que toda inmolación rinde sus frutos.

Además, peor sería estar sola.

Incluso autoritaria y fría, más vale una madre que ninguna.

¡Qué estrategia tortuosa la sumisión!

Permite entender el no entender.

Adentrarse, triunfante, en la oscuridad.

La luz es el primer animal visible de lo invisible, escribió Lezama Lima.

Deseoso aquel que huye de su madre.

En 1949, siendo ya famosa en los teatros líricos de Europa, los diarios de Nueva York la tildaron de "hija desalmada".

(La madre se había quejado a los medios porque no le pasaba dinero).

La diva no se inmutó:

"Si no tiene dinero, que salga a trabajar. Si no quiere trabajar, por mí se puede tirar por la ventana".

La virulencia es la lujuria del dócil.

La casa elegante nunca se transformó en hogar.

Yo cavilaba seria, en mi rincón, sin preguntar cómo es vivir, mucho menos, cómo es vivir faltando cosas.

Como ganada por una expectativa de no sé, sin ningún mapa, ninguna expedición a los asombros.

Qué manera de morir sin darme cuenta.

Hasta que ocurren unas tardes, álgida gramática.

Que me cambie la ropa, gritás.

Que me lave la cara, me quite el maquillaje, que siga en lo ser virgen, sin caer en porquerías, con semejante traza, como animal en celo, parecés una ramera.

Contestar algo.

Siguen los insultos de dar miedo.

La hostilidad demente.

La maldad en carne y hueso.

Esta es mi casa y mando yo. Si no te gusta, te vas.

(No se me había ocurrido).

Así, yo circulaba por *tu* casa, sin ningún centro de gravedad, como una refugiada.

Algo ha cambiado y no sé qué es.

Ya no atacás bonitamente. No estás alta en el cielo. Mucho más del adentro te metés. Escandalosa, desconfiada como nunca, con el pulso alertado, el grito a miles.

¿Dormir en casa de una amiga?

Ni loca.

Porque no.

No conozco a los padres, no me gusta esa chica, tiene hermanos varones.

No me levantés la voz.

No seas atrevida.

¿Eh?

¿Qué dijiste?

Lo único que te faltaba.

Cuando vuelva *tupadre*, vas a ver.

Así es.

Con vos, nunca se gana.

Me pongo respetuosa, y nada.

Me pongo insolente, y nada también.

Parece el juego del gallito ciego.

Ningún razonamiento.

Sin remediable todo.

Un día me topé con la frase de Mallarmé: "La destrucción fue mi Beatriz".

¡Cáspita!

No perdí un segundo.

Me incentivé los modos de atacar: hasta el muy fin no me paraban. Hasta la extenuación en cada una pelea.

Guerra hubo y bien dura.

Ofensivas, asaltos por sorpresa.

Plenipotencias del deseo.

Empecé a despertar. Me conocí de menos lejos.

Dije:

Érase *Nadie*. *Nadie* reaccionó. Se enfrentó a inspiraciones. El universo no debía andar lejos.

Entonces supe que yo también llevaba, como Emil Sinclair, la marca de Caín en la frente.

A esto lo he llamado estar en accesos, tan lista en mis adentros, tan dispuesta a hacerme dueña de mi *sí*.

El único consuelo en la casa elegante: la biblioteca.

La consagración de la primavera, *El Quijote*, *Madame Bovary*, *Désirée*, *Las llaves del reino*, el *Diario de Anna Frank*, *El cardenal*, *Dr. Zhivago*, *Los hermanos Karamázov*, *Nuestra Señora de París*.

Lo que se dice un catálogo amplio, aunque no patriótico.

Más tarde, habrá también una edición de lujo, firmada por Borges, de *Travels of Marco Polo*. Fue el premio que recibí al terminar la Cultural Inglesa. También me dieron una beca para estudiar en Londres.

Manjares y desilusión.

¿De verdad puede estar pasando esto?

Pausas no hubo sino incisiones de un odio.

Ir a Londres significaba perderme el viaje de egresados.

Mi madre puso el grito en el cielo.

¿Cuándo en la vida tendrás otra oportunidad así? ¿A quién se le puede ocurrir preferir Bariloche a Londres?

Veo el desgobierno en su cara. Y un desierto, el mío, que empezó a llenarse de rencores viejos.

Exit la realidad.

Me enfermé con una fiebre altísima. A la ceremonia de entrega de premios, fue ella en mi lugar y recibió el libro que Borges le entregó. Ese libro siempre estuvo en *su* casa.

A los pocos días viajé a Londres.

He estado en Europa mil veces.

No conozco Bariloche.

Albricias.

La década del 60 llega a su fin y todo aún está por comenzar.

También yo estaba dúctil, retumbando.

Nada que se suela en casas como la mía.

Mi habitación empezó a llenarse de objetos raros.

El mito de Sísifo. Demian. La náusea. El Castillo. Así hablaba Zaratustra.

Y, sobre todo, *La condición humana*, ese gran fresco de la revolución en ciernes, que la literatura premonitoriamente entiende (yo no) en toda su complejidad de sueño, peste, pesadilla.

El hambre es descomunal.

Se parece a mí.

Se ha vuelto virus, enfermedad eruptiva.

Dice mi madre:

Esta chica no come bien.

Le están lavando el cerebro en la Facultad.

Qué importa.

Los alimentos son otros.

La barricada cierra la calle, pero abre el camino.

La imaginación al poder.

La mariposa popular.

Podría decirse que estoy enamorada con vivir: me guían las guerras de liberación, Lumumba, Paulo Freire, los recitales de rock, los films de Godard.

¿Cuántas letras hacen falta para decir que *no*?

Todavía no sé que escribir es un verbo intransitivo.

Un borde, un bies, una cojera.

No insisto en la lengua contra la lengua, no conozco los riesgos del cuarto de reclusión.

La escritura es ese *blockhaus*.

No conozco la frase de Thomas Mann:

"Mis instrumentos de trabajo son la humillación y la angustia".

No concibo al error como a un aliado.

Pero me atraen ya las escenas filtradas por la duda, las cosas que alucinan con la diferencia.

Me gustan los gestos de ataque, la demolición de rangos y escalafones, en el mundo del arte, también.

¿Es propio de la literatura pulverizar el mundo?

Me lo pregunto.

Algún día me internaré por esas sendas hacia la gran tarea de la disidencia. Por ahora no. Me faltan cosas por descubrir: la anomalía del amor, las sombras de la noche mental, y, en general, el frenesí y el desconcierto de existir.

Qué maravilla pasar la vida preparándose para el gran salto.

De pronto, en la casa elegante, ya no se almuerza en paz.

Estoy en la edad de ser joven: me he puesto a germinar.

Germinar quiere decir volverse contestadora.

Decir barbaridades.

Anunciar, por ejemplo, que me voy a acostar con mi novio.

Cosas así.

Mi madre dice: A *esas* mujeres los hombres no las respetan, no les dan el apellido.

Papá asiente.

Mi madre agrega: *Tupadre* siempre me respetó. Cuando estábamos de novios, me dejaba en casa y después se iba al cabaret. Lo supe por la mucama que una vez lo vio.

Es cierto, dice Papá, me iba al Edelweiss.

No se entiende.

¿Qué cosa no se entiende?

Que a la hija no le gusta el Derecho.

Pero le gustan las tomas, las asambleas, las movilizaciones, los compañeros de la agrupación.

Salta de contenta porque la aplazaron en Civil y es el primer aplazo de su vida.

Sucundún sucundún.

Como quien dice:

Fusil en boca.

La madre que me parió.

Nunca más usaré vestidos de la boutique Marilú.

El detonante es Trelew.

El 22 de agosto de 1972, la dictadura del general Lanusse ordena el fusilamiento de dieciséis miembros de distintas organizaciones armadas, peronistas y de izquierda.

Intento de fuga en el penal de Rawson, dice la televisión.

Milicos asesinos, digo yo.

Algo habrán hecho, dicen mis padres.

La tensión aumenta.

Afuera hay ruido.

Se oyen bombos de una unidad básica.

¿O será la marcha de un desfile militar?

Quién sabe.

Avanza una sombra de patria.

Se preparan prisiones.

Mis padres, que discrepaban en todo, menos en política, hacen frente común, optan por defenderse: me ponen candado al teléfono, me confinan al cuarto de servicio, y otras delicias que prefiero omitir.

Estarás contenta, dice mi madre, *lograste lo que querías, arruinarme la vida.*

Visto desde hoy, imagino que se preguntarían cómo yo, la abanderada de *todos* los colegios, la coronada de laureles, la titular vitalicia de los cuadros de honor, había podido transformarme en *ese* monstruo.

Yo tampoco entiendo bien.

Estoy enferma de furia, de impotencia, de felicidad.

Un día me levanto sin hacer ruido, preparo un bolso y me voy.

No pude, no quise evitarlo.

No se puede dormir sobre un volcán.

Parto sin saber el lado que quería, ni el dónde al que iba exactamente.

¿Buscaba, en realidad, ser hija para siempre?

¿Superior a los demás a causa del destierro?

Aprieto los dientes.

El odio es lo que parece: un amor herido.

Ignoro que, a partir de ahora, algo habrá muy tapiado, muy al fondo, del cual sabrán, sin duda, mis neurosis y mi cuerpo, pero yo no.

Me fui sin más notarlo.

Di un portazo, y fundé la libertad en esa tragedia.

Ignoraba también que huir de vos sería, como en el caso de Rimbaud, amorosa estratagema, forma rebuscada de volver, eterna rotación en torno al sitio en el que estás, y estarás siempre, desquerimiento mucho, antes del lenguaje.

En mi corazón, no hay límites para el amor.

Para el odio tampoco.

Tengo dieciocho años.

Nunca volví.

Otra lectura es posible:

Digamos que fuiste la peor de las mejores cosas que me sucedieron.

No me di cuenta de lo más obvio: fui yo, tu sublevada hija, la más incorregible, la que amó sin tregua tu exigencia.

La que tuvo un hambre insaciable y se aferró a la lengua umbilical y se comió entera a la Araña Materna.

Louise Bourgeois: *Mother – Death – Water – In these Moons.*

La que se ató a tus abusos para armar su propia escena enfermada, y así quedó, sin tregua, sin informarse de nada, como una escritora, no del viaje sino del encierro.

No sería inverosímil.

A esto se le llama *el saber de los cantos.*

La juventud es una zona de catástrofes. Puro desorden. Afectos altaneros y conatos. Unas ganas de todo. Cierta incapacidad del corazón, enseñoreándose. (...) La habían vivido en otro lado. Cuando el futuro era excesivo, el pasado inocente, tanto que parecía múltiple.

Curioso: recién con la escritura de *Islandia* pude tocar algunas llagas, al tiempo que escondía, en el rodeo del poema, el sentido de la perdición, de la más completa desdicha.

El desafío era enorme.

El descaro, ni hablar.

Islandia formaba parte, nada menos, que del repertorio de Borges.

Su Islandia era un alba, un muro suspendido. Un desvío heterodoxo para pensar de nuevo la tradición argentina.

La había soñado largamente "... desde aquella mañana en que mi padre / le dio al niño que he sido y que no ha muerto / una versión de la *Völsunga Saga*".

Después, la transformó en ardid.

Hizo de ella el ejemplo de un desierto ¡sin camellos!

Un territorio díscolo, donde cuidar la intimidad.

Yo me dejé imantar.

Vi a un puñado de hombres pendencieros que no querían someterse. Barcos negros galopando hacia un sendero del océano. Vi al fantasma de Haroldo, el de la Cabellera Hermosa, que los perseguía. A Brunilda y Olrun y Sigrlinn, damas de la refriega o valquirias. A Odín, el Triste, el Lord de las Huestes, el Estratega de los Poetas, aferrado a dos cuervos. Y también gaviotas, y un viento huracanado y gélido, y velas cuadradas y lluvia en un universo huérfano.

No hizo falta más.

Islandia, Ultima Thule.

Allí se escribirá la historia de Noruega.

Se escribirán rapsodias, sagas, alabanzas, encantaciones y poemas genealógicos.

La rebeldía es fértil.

Mi libro no estuvo exento de obstáculos.

Una editorial hispana de los Estados Unidos lo rechazó.

El editor, que seguro no había leído "El escritor argentino y la tradición", mandó una carta:

"Lamentamos no poder aceptar su manuscrito; no califica como literatura latinoamericana".

Textual.

Guardé esa carta como documento.

Me fui.

Digamos: armé la claridad de una idea, con sangre fría mayor.

Ninguna precaución, ningún prefacio.

Resguardaba, acaso, mi tal vez.

Mi propia leyenda áurea, entre la Sala de Primeros Auxilios y la Unidad de Terapia Intensiva.

Y, a lo mejor también, lo no ocurrido en los futuros.

¿Me empujaba una esperanza o una confusión?

¿Esa esperanza venía de morir o de nacer?

Ni idea.

Alguna vez habré llamado por teléfono.

Yo decía: Hola, Mamá.

Y vos: ¿Quién habla?

Cosas así.

Desentendía, claro.

Me iba en sangre por dentro. Majestuosamente, como la vez del hospital cuando era chica, la transfusión, los tapones de algodón, sangrando por la nariz, aquella.

Me adoloría.

Meditaba los tamaños, el óxido del miedo, lo incunable de ser hija.

Me largué a respirar, a reventar dentro de mí.

A poner *micuerpo* en su lugar.

Mi nombre en consonancia con mi vida: me lo cambié.

En las manos, el juguete del mundo: yo y yo.

Hasta mis estallidos del corazón.

Estilizaba todo: el sexo, el combate, el trajín, qué podía importar, otros fuegos ardían a mi alrededor, no nos vencerán.

Doliese lo que doliese, la juventud maravillosa abría una V.

La confianza en resultar.

Dije:

El poema hace cadáveres.

¡Larga vida a Platón!

¡Ilumina! ¡Ilumina!

Eso me alcanzó por años: el ansia de tocar el centro del vacío.

Así fue como fue.

Así.

Yo había tergiversado el verso de Celan.

El verso, en mi recuerdo, decía:

Habla / pero no te separes del *No*.

El problema es que Celan había escrito:

"Habla— / pero no separes el No del Sí. / Y da a tu decir sentido: / dale sombra. // Negro es el sol de la palabra. Caer fue solo / la ascensión hacia lo hondo".

Tuve que rendirme a la evidencia.

Desde el fondo de la iniquidad y los horrores del nazismo, uno de los poetas más lúcidos del siglo venía a decirme que el *No* de la revuelta, al cual yo me había afiliado, muchas veces resulta insuficiente.

Es cierto que lo adverso puede instigar el coraje.

Pero, acaso, ese poco de realidad que somos se cumple, de manera más plena, en la palabra que se deja embeber por los contrarios, del mismo modo que el poema encuentra su unión con el vacío al cabo de la frase con que intenta, inútilmente, asirlo.

"Acertarás diciendo sí y acertarás diciendo no", escribió el místico murciano Ibn-Arabi en *Los engarces de la sabiduría*.

Todo libro debe arder, quedar quemado.

Ese es el premio.

Así fue como fue.

Una voltereta en el aire y heme aquí cayendo en la infinita noche blanca de la desgracia.

Favor de no confundir. No es que fiesta no hubiera.

Hubo.

Y también actos relámpagos, bombas molotov y desmanes, aunque no muy carnales, no en mi caso, al menos.

Una militante no es una puta ni lo quiere ser.

Y fue un vaivén, abierto a la clarividencia, el que mostró el camino.

Un barco se dirigía al cielo.

Con un cargamento insólito: la raza de los hijos.

Como quien hace un nudo entre los cuerpos, la historia y la codicia, queríamos pensar y ser concientes de pensar.

Bah.

Duró poquísimo.

El desacato de la clase obrera, las blusas de la marcha.

Nos sorprendió el vigor del cataclismo.

Alguien preguntó:

¿Esto qué es? ¿La casa del Hades? ¿El fin de los coros proletarios? ¿Por qué tan pronto se derrumbó todo? ¿Hay derecho?

Carthago delenda est.

Se lo achacamos a la vida. Al ruido de esa quinta columna que acecha y sostiene siempre los acontecimientos.

Pero la vida, ¿qué culpa tiene?

Lo cierto es que, apenas abandonada la casa elegante, conocí cosas desfavorables, naufragios de la peor humanidad.

Y, encima, entierro los libros.

Bien enterrados, porque ahora lo urgente es cambiar el mundo, y para eso, Emma Goldman, hay que ser un cuadro político, resolver las contradicciones en el campo del pueblo, rajar a tiempo de la policía. ¡Nada de bailar ni de pensar en versos lujuriosos!

Puse, todo esto y más, en boca de un personaje de *La Anunciación*:

No cualquiera nace en un momento así, cuando la humanidad está en crisis, la crisis exige compromiso, y el compromiso salva de un destino gris.

Puedo inventar un mundo.

Un mundo de opciones fantásticas y fatales: mi mundo.

Puedo participar en la realidad como sujeto (no como objeto), transformarme en factor de lucha contra el veneno del poder.

No me interesa el hombre como es, sino como debe ser.

Me repugna el término aceptar.

Mi plan es convertirme en esa cosa íntegra, recta, indestructible: el revolucionario, el escalón más alto de la especie humana.

Ya lo dijo Camus: ¿Qué es un hombre rebelde? Un hombre que dice que no.

Si es necesario, me mataré para afirmar mi insubordinación, mi nueva y terrible libertad.

La Organización me absorbe por completo, me lo pide todo, pero también me lo da todo.

Me exige, en toda circunstancia, que mis actos informen mis pensamientos, que mis palabras hagan la realidad, que sea consecuente con mis valores, que entre en la lucha de un modo irreversible.

En una palabra, que piense como un héroe.

Me promete que las cosas serán, en ese caso, más claras, más sencillas, más limpias ¡y es verdad!

Haremos un hombre nuevo, una pareja nueva, una soledad nueva, una muerte nueva.

¡Qué buen lugar para vivir, suspendido entre mundos!

¡Qué felicidad, cuando se acaben los ricos, la metralla gorila, la burocracia negociadora!

¡Qué bueno que el futuro esté tan cerca!

Escribí:

Un búho en la máquina de escribir.
Sopla el viento en las faldas de seda.
All work and no play make Jack a dull boy.

Después pensé:
Este oficio no me gusta.
¿Y si cambiara de orientación y de planes?
¿Si organizara una marcha por la libertad de los pájaros?

¿Si les devolviera el derecho a morir sobre el viento?

Cualquier reclamo es político.

Cualquier tristeza, incluso la sin razón de motivo.

¿Fueron *eso* los festejos de la juventud?

¿Enfrentamientos ciegos con nosotros mismos?

¿Abstinencias del corazón para saber qué éramos?

Nadie supo que nos matarían a todos, con o sin habeas corpus, que práctica no tuvimos para lo nada útil, aunque sí para estalladamente abrir grandes ideas.

Que nos encolumnábamos, con brazaletes y grandes banderas negras, en dirección a la Derrota.

Que les teníamos miedo a las palabras, las dudas, las ambas.

Mirado desde hoy, que es el después en su siempre, el significado de una cosa hube:

No siempre *esto* es *esto*.

Quiero decir, me reeduqué, me volví tolerante.

Aprendí a tener acuerdos *parciales* con *todas* las opiniones.

Un verdadero progreso.

Una auténtica *felicidad libre de euforia*.

Tengo que hablar con torcidas palabras, escribir porque sí, en el invierno del frío, hasta dar con proposiciones ciertas.

Los todos cayeron, por ejemplo.

No tendrán futuro, ni con las vueltas que el mundo

dé en dar. Nada los volverá existibles ni soplará sus notas a tiempo.

Ninguna astilla de oscuridad.

Menos que menos, se aclarará el momento de su miedo.

Nunca más podrán curarse de aquel sueño, ni cuando quede atrás el extensor de todo.

Y bien.

La total travesía es urgente sin prisas.

¡Salud, niñita!

Le preguntaron a Guimarães Rosa:

¿Sabe usted qué es el silencio?

El silencio es uno mismo demasiado, contestó.

La palabra nace siempre de un deseo de mutismo, odia las normas, escribe frases que son ladridos y también plegarias.

En cuanto a mí, siempre busqué desmarcarme.

Escribí poemas que son prosas, ensayos que no creen en nada, biografías apócrifas, y hasta dos engendros de novelas que proliferan hacia adentro como una fuga musical.

El cambio de estilo es un rasgo de la obsesión.

También armé pequeños teatros, cajitas con recuerdos y adivinanzas para pequeños príncipes porque la poesía es la continuación de la infancia por otros medios, y la miniatura un objeto transportable, ideal para los seres nómades.

Por supuesto, no hice más que girar en torno a un único paisaje.

Este libro es la prueba.

Ahora mismo está abrazando a un cuerpo que no ve.

No veo a mi madre durante esos años.

No sabe dónde vivo. No puede visitarme. No puede llamarme para atrás. Conoce a mi hija, su primera nieta, en el Hospital Italiano.

Después se despide de ella, sabiendo que no volverá a verla, vaya a saber por cuánto tiempo.

Me perdones.

Le temblaba el cuerpo al irse, se le abría la herida de mi alejación.

Pocos meses después, la llamo para avisarle que la beba está internada con neumonía.

Viene, ayuda, me reemplaza para que pueda dormir.

La enfermera me lo informa divertida.

Asegura que trajiste a un cura y la hiciste bautizar.

Hay que tener agallas.

Hay que tener, también, un sentido nulo de los límites.

Pero, esta vez, me contengo.

Estoy demasiado asustada, por la beba y por lo que está pasando afuera, con tantos compañeros muertos, tanto armamento incautado, tanta desinformación.

Además, apenas salgamos del hospital, dejaré de verte.

Te miro y pienso:

Una mujer de armas tomar.

¿Nadie le enseñó nunca qué cosa externa es un otro?

Pienso también:

No fue mi culpa si me asfixiabas.

Yo qué sé.

El aire se quedó muy grueso.

El demasiado viaje de la vida. Los demasiados viajes del viaje. Siempre acabar lejos, en el nublado de un más allá que falta.

Cuando acabó la internación, mi madre quedó olvidada.

Es un decir.

Ahora estaba oscura, incurable.

Se paseaba como reina, en puntas de pie, sobre mi pecho.

Disparando sola su fusil adentro.

Llorarías mucho en un costado, estoy segura.

Tanta lágrima derramada, como no sé y sí sé.

Las palabras *trifulca*, *energúmena*, *lumbrera*, *fula*, *atorranta*, *poligrillo*, *bataclana*.

Las expresiones *Guay que se te ocurra*, *Ahuecá*.

Todo es traducible, menos el lenguaje.

Lo cierto es que me suplantaron.

Apenas me fui de la casa elegante, se compraron un perro salchicha horrible, que no paraba de ladrar.

Eso no es cierto, dice la hermana pequeña, el perro era hermoso.

Mi madre empezó a estudiar.

Hizo la escuela de noche y terminó con medalla de honor.

Hay una foto que la muestra de pelo blanco, no como escolta, no como segunda reina, sino como Abanderada de las Abanderadas, en la ceremonia de graduación.

Tiene, otra vez, un vestido a lunares. Y está con aquellos ojos, cuando dulces.

Después consiguió un puesto de secretaria en un secundario, sacó la *cittadinanza* italiana para toda la familia, nuclear y extendida, y terminó la orientación Literatura en la Dante Alighieri.

Chapeau!

Qué alivio en la casa.

No tener que lidiar con la hija extenuante, ingrata, subversiva.

Faro que estás en los cielos.

Yo había sido la luz de tus ojos, la destinataria de tu devoción sin límites, tu reaseguro a largo plazo.

Y ahora me ahuyentabas como a una oveja descarriada.

No pierda el tiempo, señora, te había dicho la directora de la Escuela de Danzas, esta chica no tiene talento para el ballet.

No la atormente.

No la encierre en el baño.

¿Qué puede ser la culpa de no saber bailar?

Mi hijo menor te admiraba. Decía:

Nadie es más valiente que la abuela. No le tiene miedo a nada.

Tenía razón.

La que tenía miedo era yo.

Como esos pájaros que nunca alcanzan el Palacio del Simurgh en el relato de Farid Al-Din Attar, yo me estaba enfermiza, no lograba amanecer a la fiebre de las cosas.

Alto impedimento: una memoria escasa.

Sobre todo, si se embebe de asustarse mucho, de no haber gusto en anhelar.

Pero no todo está perdido.

Treinta aves vuelan todavía.

Afrontan la gnosis, el amor, la unidad, el desapego, la perplejidad, la pobreza espiritual y el anonadamiento.

Buscan el pájaro que llevan dentro.

Gloria a Aquel que no muere.

No hay más dios que el Dios.

La 'Ilhãha 'Illã Allãh.

Ella escribió:

Carta a un dolor muy querido,

Con el tiempo aprendo a decir quedamente tu nombre, mientras mi corazón permanece abierto al milagro. Detengo la respiración, oigo el girar de la llave, tus pasos que llegan y un torrente de vital alegría me inunda otra vez. Acercas tu cabeza a la mía, te acaricio el pelo. Qué más da que mis sueños me engañen. Si algún día tropiezas con estas líneas que nunca voy a enviarte, no veas en ellas reproche alguno. No son sino la expresión del amor que no supo transmitir tu

Mamushka

Cruzo los años de plomo como un perro apaleado.

Oscilo, entre el miedo y la astucia, la crispación y el pasmo de la vía muerta.

Pateo, protesto, suprimo cosas, y vuelvo a patear.

Siempre supe suprimir cosas, personas, lugares.

Lo aprendí aquella vez de la siesta, cuando vos llorabas y yo bajé las persianas.

Lo practiqué al pegar el portazo en la casa elegante, cuando cambié de nombre, de amigos, de domicilio legal e ilegal.

Me perfecciono cada vez más.

Me blindo, me vuelvo inexpugnable.

Me ato a las ideas que, se sabe, funcionan como cercos.

Todo callado y cosido en días tabicados.

Una pastilla para el peor desánimo.

Muy-bien-diez-felicitado.

La militancia ayudó.

Había que com-par-ti-men-ta-li-zar, inventar coartadas para justificar la presencia en cualquier lugar, "minutos" los llamábamos.

Éramos embaucadores profesionales, maestros en simulación.

Me lo dijo una sobreviviente del Garage Olimpo.

Todo es tajante en mi mundo. Todo construye un régimen de muros.

Un amante me lo confirmó años después.

Con vos conviene autoeyectarse, dijo.

Antes de prescribir, como los remedios y los alimentos.

No digo que no.

También sé ocultar información.

Nunca revelo, por ejemplo, que a la larga me recibí de abogada. Que, en el peor momento de la dictadura, muerta de miedo, sin casa, sin documentos, y con una nena chiquita en brazos, fui a ver a mi padre al Estudio, le pedí ayuda, y empecé a trabajar con él.

Perderse, escribió Clarice Lispector, es un encontrarse peligroso.

A esta escritora no la conozco aún.

Llegará a mi vida después (casi una década después) cuando ya no viva en un barrio del conurbano, no trabaje en la fábrica de jeringas, tenga incomprensiblemente treinta años y se acaben las pinzas, los operativos, las citas cantadas, los Falcons verdes.

En una palabra: cuando termine la noche blanca de la desgracia, y yo esté renovada y como nueva, lista para resucitar.

Una vida dura precisa un lenguaje duro, y eso es la poesía, pensé.

Ese pensamiento alcanzó.

Las palabras empezaron a llegar como dagas.

Titulé mi primer libro de poemas *de tanto desolar.*

El hombre con el que vivo —al que llamo entonces mi compañero— me lo anuncia de sopetón: le ofrecieron una beca para hacer un doctorado en Nueva York.

A las tantas, me dije, primores hay.

Me vi arando en campo ajeno, sin grandes hábitos de amor, pero al menos, no hecha trizas del todo, no del todo indigente.

Me vi dejando atrás los ritos familiares, el fútbol, los ravioles del domingo, los chistes vulgares y machistas, el juego mentiroso de la Ley, los grupos literarios con sus dioses, sus vastos y miserables reinos.

Qué bendición.

Y me arrasó una fe.

La perspectiva de *no* ser exactamente quien era.

Repetí como tonta: Buenos Aires se ve tan susceptible.

Además, estabas vos, Madre.

Una oportunidad así no se presenta a diario.

Al fin, un mundo que fuera *mi* Voluntad y Representación.

Me fundaría de nuevo.

¡Mirá qué suavita estoy!

Olvidaría el pasado o me inventaría otro, da igual, porque ahí adonde voy nadie me conoce, y yo tengo una sed atroz.

"Arremete, ¡viajera!". había escrito Alejandra Pizarnik y yo gritaba que sí, que haber hay, que súbitos otros deseos podían todavía nacer.

Cualquier opción me parecía ya un poco de salud.

Dije:

¡Vámonos ya!

Viviré en Nueva York una segunda infancia.

Ya no me perderé en el pretérito.

Tal el barco en la noche y la aurora abriéndose camino.

Un libro es un cementerio hermoso.

También es una máquina de pensar, un dispositivo que encarna el más alto espíritu de contradicción.

Tardé en saberlo.

Como tardé en saber que la distancia es otro nombre del miedo, y la desconexión un atajo para calmarlo.

Vi la ocasión de partir y no pensé, no calculé.

La isla vertical me acogería.

No me equivoqué.

Sus torres fueron para mí un solaz.

Sus predios abandonados, refinamientos fríos, catástrofes de luz.

Hablo de la ciudad que fotografió Jim Jarmusch en la década del 80: sucia, con grandes playones vacíos (como los de Lorenzo García Vega en *No mueras sin laberinto*), subtes con grafitis, ratas, menesterosos, enfermos de sida.

Esa putrefacción.

Ese catálogo fastuoso del Tercer Mundo.

La caminaba como una enloquecida.

Sin dar largas ningunas.

Todo era, a la vez, horrendo y hermosísimo: la escoria y los museos, el frío y la basura, las mezclas raciales y lingüísticas, el vicio y la pobreza, los espejismos del lujo, lo reconocible y lo que no lo es.

Ciudad Gótica fue el intento de registrar algunos de esos rostros.

De afirmar la existencia de un lugar que nunca verifiqué del todo, pero del cual conocí, en cambio, todos los matices del temor a perderlo.

Alguna vez soñé que no era yo la que viajaba.

—*Correte para atrás que ahí viene la ciudad* —me gritaban.

Y después ya no supe.

Cuando el desamparo es muy grande, abre la imaginación como un bisturí.

Vi pasar una grilla de calles, con su perfil de almenas y de lumbre, como si fuera un río o una novia clara.

La ensayista polaca Eva Hoffman tiene razón:

La pérdida es una varita mágica.

Las cosas se borran, se anulan, se suprimen, y a continuación se reinventan, se fetichizan, se escriben.

Después se hacía de noche y la noche se lo tragaba todo: los puentes sobre el río, los rascacielos, los seres sin fe, la música del corazón y el corazón del tiempo.

No quedaban sino pequeños instantes festivos, breves supervivencias, algún amuleto imprevisto.

Era esto el centro del Imperio.

Un sensorium.

Un mirador para absorber el mundo y, sobre todo, las infinitas representaciones del mundo.

Así fueron mis primeros años ahí.

Los viví con apuro, como una inmigrante indocumentada de la cultura, dispuesta a fagocitarme todo, el viento, las estrellas y el clima verdadero, por dentro y por fuera.

En una palabra, esa realidad irreal que hervía en las calles y que ninguna obra de arte, por vanguardista que fuera, lograba traducir.

Muy pronto me moví con soltura, llené la visión de tinieblas, me dejé alucinar.

Y así logré mi gran hazaña.

Un gigantesco alrededor me separó de los demás, y acabé por anular cualquier resabio de pertenencia.

Quiero decir: me olvidé por completo

del baño
de las fantasías eróticas
de la casa familiar
de la Facultad de Derecho
de las marchas por la liberación
del país ensangrentado.
También me olvidé del amor.
Me volví un pájaro eremita.
Una rama inflexible.
Un heraldo de qué.
Miré a mi alrededor desconcertada.
No sabía quién fuese, y no importaba.

Una sensatez a las oscuras me sostuvo, un deseo de hacer pie en lo incomprensible.

Inolvidablemente repetía:
Qué bueno es no tener antigüedad.
¿Es cierto que pájaro roto canta mejor?
A esto lo llamé el cadáver exquisito de mi vida.

Los libros son la estela donde vibra, por momentos, aquello que no podré tener.

En ese tiempo, no había e-mails.

No hacía falta, Madre, escribías siempre.

Como en el film *News from home*, de Chantal Akerman, tus cartas rebotaban —disonantes— contra mis propios travellings de la ciudad.

Con aquella paciencia, aquel ritmo golpeando en mi sobresalto.

También ponían la prosa hinchada, traían noticias, desvalimientos que no quería saber.

Estoy parada ante el buzón del departamento 6 C, del 419 West 115th Street, en Manhattan.

Saco la correspondencia, separo la publicidad, y reconozco tu letra en el sobre de papel avión.

Mujer así de ser.

¿Cuántas batallas faltan en el libro del Libro?

Guardo el sobre en el bolso.

Conviene esperar.

Retrasar el surgir del miedo.

No sea cosa de exagerar las dosis, de empantanar el avance de la propia vida.

Hay de todo en tus cartas, Madre.

Quejas, insidias, cizañas, un sinfín de advertencias y recetas contra la osteoporosis, por vía intravenosa, subcutánea, intramuscular.

Y enseguida, más quejas, insidias, cizañas y más recetas contra la osteoporosis, esta vez por boca, en grajeas, comprimidos, cápsulas.

Una cosa sigue a la otra, sin ningún orden, como en el monólogo de Molly Bloom.

Son dardos erráticos, que avanzan dando tumbos, como buscapiés.

Y después se ensañan, según el según.

Mi madre tiene una forma de dar a conocer su opinión.

Formula preguntas sencillas sobre el marido.

¿Te quiere? ¿Es bueno con vos? ¿Se ocupa de los chicos? ¿Te ayuda en la casa?

Después, sin transición, cambia de tema.

No salieron reseñas de tu libro, ningún suplemento publicó nada, me fijé bien.

Y, en el acto, pasa a elogiar a la hermana pequeña, que es *tan* buena madre y sabe servir la mesa con distinción.

(Seguro que a ella la mortifica con mis supuestos "éxitos" profesionales).

Cosas así.

Un día llegó un misil.

Habías descubierto un affair de Papá con la abogada joven que dejé en mi lugar cuando viajé a Nueva York.

Magistral la carta: lo inculpaba a él y también, por supuesto, a mí como autora intelectual del hecho.

Contabas todo con pelos y señales.

Los habías pescado in fraganti, un viernes por la tarde, al caer al Estudio sin avisar. Él te había hecho pasar "con la bragueta abierta" y ella, a quien llamabas "esa negra", tenía "las crenchas" revueltas.

Siguieron incursiones, siempre a escondidas, para juntar pruebas o sembrarlas.

El delirio duró meses.

Hubo noches en que llamabas por teléfono (debías gastar fortunas) y me secuestrabas por horas.

¿Cómo pudiste ser tan vil?, vociferabas.

¿No te bastó con dejarme a "esa bicha" metiéndose en la cama con *tupadre*?

La muerte es rayo que siempre ya vino, pensé.

Yo me negaba a creerte.

La abogada joven no solo era mi amiga, habíamos militado juntas, la llamábamos La Presa.

¿Ya dije que nos parecíamos físicamente?

No sé qué hacer.

La confusión empezó hace mucho.

¿Quién es quién en nuestra familia, Madre?

Yo soy yo, digamos, pero también soy vos: tu mantita, tu posesión, tu batalla encubierta y letal con Papá.

Papá es Papá, pero también es yo. Cuando empiezo a escribir, él también decide volverse escritor, publica libros pagándose la edición, le pide a un crítico amigo mío que se los presente.

¿Mi amiga soy yo también?

Y la hermana pequeña, ¿quién es?

Una nena hermosa, de ojos celestes y labios sensuales.

Papá no la deja en paz.

Le dice todo el tiempo: Quien mucho se mira al espejo, poco cerebro tiene.

¿Será que llegó tarde al lodazal familiar?

¿Será que, cuando llega, no hay lugar?

Perdón.

Mi analista utilizó por años una imagen visual para objetar mi interpretación.

Piense en una pileta, decía, con carriles.

Cada nadador tiene el suyo. Todos pueden nadar, incluso al mismo tiempo, sin interferir con los demás.

Usted no entiende, le digo.

¿Qué cosa no entiendo?

Que, en nuestra pileta, solo había luz en un carril.

Y esa luz era turbia, ilegible, sexual.

Silencio.

Se hace de noche como siempre y no acierto adónde ir, muchísimo menos a abandonar la idea de *tener que* ir hacia algún lado.

Vuelve a sonar el teléfono en el departamento de la calle 115.

Atiendo y encuentro ahí tu *musiquita cacofónica.*

De nunca acabar tus embates: yo te sigo hasta el fin, te interpongo, a lo sumo, sorderas selectivas.

¿Qué hacer?

Salía de esas llamadas temblando y de un humor de perros.

Un día te atendió el marido y te frenó con una frase que nunca le perdonaste: Déjese de joder, Isabel.

No volviste a insistir.

Pequeño Museo de cera III: En la fotografía, la muñeca tiene un aspecto pulcro, atroz, ejemplar, como si hubiera empezado a morir.

Ha empezado a morir.

Acaba de cumplir seis años. La edad en que se aprende a mentir, a repetir en la escuela, disfrazando la ausencia: mi mamá me ama, mi mamá me mima, amo a mi mamá.

La escuela y sus series gramaticales de todo lo que no adviene.

Por suerte, hay libros que la llevan de vuelta al juego.

La muñeca lee cada vez más.

Y en cada palabra busca una música —siempre la misma— que, de ser traducible, daría algo así como: *Mi madre me ajusta el cuello del abrigo, no porque empieza a nevar, sino para que empiece a nevar.*

Una página después de otra para salir de la infancia, para volver a la infancia, para entender que el amor falta, siempre, en todo amor.

Lee así, sin orden, sin ninguna intención.

Nadie le elegirá los libros, jamás.

A ella que le eligen los vestidos de terciopelo, los juguetes a cuerda, las cosas que debe estudiar.

Si le preguntaran por qué lee, no sabría qué decir.

O citaría de memoria su novela predilecta:

"Esa noche, pensó Tom, mismamente donde la sombra de una rama cae a medianoche, él y su amigo Huck juzgarían a un gato acusado de asesinar a un pájaro".

La fotografía sigue sobre la mesa.

Ábrete sésamo.

Encontré mis cartas, las que *yo* te había mandado, en tu casa, a cualquier hora después de tu muerte, archivadas por órden cronológico, en una caja de cartón azul, con un rótulo que decía Correspondencia Nueva York.

¿A esto se le llama abnegación?

¿O amor que es muerte es miedo?

Curioso que tu carta, la del misil, estuviera ahí también.

¿Habrías hecho una copia, por las dudas, antes de enviarla?

¿Te la devolví yo en alguna discusión?

Ningún respondido no tuve.

Ay del ay.

En la caja, encontré también un cassette con mi nombre, envuelto en papel celofán.

Tuve un pequeño ataque de pánico.

Lo agarré con cuidado, como a un artefacto explosivo, y lo dejé por meses en mi mesita de luz.

Cuando por fin conseguí un grabador, el cassette patinaba.

Se oían ecos, silbidos, interferencias.

Y lo poco que llegaba de tu voz sonaba espeluznante, como si viniera de ultratumba.

Otra que las *Obras Maestras del Terror.*

Así sonabas, Madre.

Apagué.

No estoy sola, me dije.

Nunca estaré sola, ni en este mundo, ni en otro.

Hay alguien aquí que tiembla.

Tú ya te calmas con nada.

Me pregunto si este libro no será otra estafa.

¿Habré amado, en serio, a un lobo? ¿Lo reconocería

en cualquier parte? ¿Me gusta pensar que todavía puede devorarme?

La literatura nace, escribió Nabokov, cuando alguien dice que viene el lobo y no es cierto.

Qué bella historia la del pastorcito mentiroso.

Puro tormento y puro alivio.

Pizarnik en su *Diario*:

"Me encanta sufrir.

Si sufro, al menos no me aburro.

Si sufro, mi vida adquiere interés, se llena de emoción y de aventura".

Tus cartas, Madre, no siempre eran puñales.

A veces, eran meros disparates.

Mandabas recortes de diario, sin aclarar nada, como si esperaras que yo adivinara un acertijo óptico:

Señale el objeto. Una los puntos. Encuentre los errores. ¿Dónde está el ladrón?

Adivinaba, claro.

¿Querés que te cuente el cuento de la buena pipa?

Nos entendimos siempre a las mil maravillas: vos circulabas por mi cuerpo como otra sangre.

Un día encontré en el sobre una hoja de una revista de turf.

La miro y veo a varios hombres sentados en Palermo, estudiando *La Rosa*.

Uno de ellos es Papá.

Una flecha tuya, apuntando a un facineroso que tiene al lado, dice: Menos mal que no es este.

Eso es todo.

Tiros por elevación, balas expertas.

Así es tu estilo, Madre: ponzoña pura.

Yo trato de respirar.

Tu país nocturno y enemigo acierta siempre.

"Boca que besa no canta".

La sentencia pertenece a Olga Orozco.

¿De verdad escribir y vivir son *tan* incompatibles?

Por entonces yo hacía un doctorado, iba al gimnasio, daba clases, me ocupaba de los chicos, trabajaba en una ONG, hacía las compras del supermercado, y trataba de ser como Baudelaire.

Necesitaba ideas positivas.

Algo que me permitiera creer en una suerte de convivencia pacífica —no digo fácil— entre ocupaciones tan dispares.

Me transformé en lectora empedernida de mujeres.

Consulté biografías.

Armé mi propio canon, o anticanon, de poetas norteamericanas del siglo XX, y me dispuse a hacer varios *études de femme*.

No me faltó nada.

Las había suicidas, solteras recalcitrantes, jóvenes hermosas y sensuales, viajeras, madres arrepentidas o irresponsables, amantes de hombres y de mujeres, expatriadas y reclusas, todas ambiciosas, todas inteligentes y cultas, todas trastornadas, todas en desventaja.

Les preguntaba cosas.

¿Cómo se concilian escritura y pulsión sexual, maternidad y ambición, talento y hogar?

¿Por qué no hay épicas femeninas?

¿Qué tienen que ver el amor con la biblioteca, la biblioteca con la incapacidad de vivir?

Así me estuve un buen tiempo.

En las cabeceras de la noche, como animal sin fábula.

Empecé a coleccionar fotos de escritoras y a pegarlas en la pared.

Las titulaba:

"Poeta leyendo"

"Escritora mártir"

"La última poeta feliz"

"Retrato de un extravío"

"Escritora ausente de su propia vida"

(Los muchachos del *Diario de Poesía* en Buenos Aires tenían, por esos años, su propio mural donde no había, ni dibujada, una sola mujer).

Muy pronto me di por vencida.

Pensé: ¿Y si la locura de escribir nos viene de no aliarnos con las madres?

Otra vez el poema "Encrucijada":

> *Veo que los barcos se acercan y que aún no he resuelto: a) si quiero que los barcos se hundan, y con ellos los hombres y todo lo demás; b) si yo misma he de*

apurar las armas y subir a los barcos; c) si he de ignorar a los barcos y quedarme al lado de Mamá para siempre, pero eso se parece demasiado a la muerte.

Arranqué las fotos de la pared y me senté a esperar. La imaginación trabaja sola, aún en contra.

El tema de la discordia entre escritura y vida reapareció en *Cartas extraordinarias.*

Fue como esos pisapapeles que, al ser dados vuelta, nievan de pronto sobre un mundo interior.

En ese libro inventé sin pudor, promoví anacronismos, me tomé el trabajo (y el atrevimiento) de imitar, entre otros, a Melville, Salgari, Alcott, Dickens, Verne, Kipling y Poe. Y acto seguido, les hice medir a todos, casi con saña, los costos de la actividad literaria.

> *¿Necesito ser feliz? No lo sé. Tampoco sé si importa conocer el arte de la caricia. A veces pienso que el amor es una pasión absorbente, que deja poco espacio para otra cosa en el corazón del hombre.*
>
> Jules Verne

> *No puedo ya perder el tiempo. Tengo que escribir, tengo que enclaustrarme fuera del alcance de los observadores de pájaros. Si es necesario, construiré un búnker —o varios, uno adentro de otro— para que nadie pueda dejar huellas de neumáticos en mis ro-*

sales. Así me protegeré de los intrusos, nadie traspasará mi mundo suspendido adentro de un diorama, salvo mi perro Benny, porque a un perro no tienes que explicarle, ni siquiera con monosílabos, que algunas veces un hombre necesita estar solo con su máquina de escribir.

J. D. Salinger

Me falta poco para cumplir 40 años. He quedado afuera de la habitación conyugal y aún no logro elucidar si el poder de una mujer deriva de no amar o si la libertad es mejor marido que el amor.

Louisa May Alcott

Fue ahí, si no me engaño, que me vino la idea de partir, sin rumbo fijo, hacia todos los libros del mundo. Leer y escribir, escribir y leer. ¡Cielos, cómo me esforzaba! Me olvidaba de comer, dormir, sentir. Ya no soportaba otra cosa que la Remington. ¡Qué imbécil! Como si escribir fuera a darme un país más verdadero.

Jack London

Si esto sigue así, me volveré bastante inteligente y del todo aburridísima. ¿Y si vivir los libros fuera mejor que escribirlos? (...) ¿Si, en vez de volverme un Gran Autor, me limitara a ser como esas chicas que van por la vida como sin querer?

Johanna Spyri

¡Ah, si la gente supiera el precio altísimo que exige escribir! Hay que someterse a un rigor feroz, privarse de las juergas, estudiar sin pausa, prescindir del descanso, temer la soledad y buscarla y, lo que es peor, recomenzar cada noche la ciclópea tarea de perderse. Y eso, sin descuidar un instante la vida de los hijos, el pago de las cuentas, las quejas y reclamos de próximos y extraños.

Charles Dickens

Jane Eyre, Monsieur, es —ante todo— una peregrinatio. ¿Una peregrinatio a qué?, se preguntará. A ver qué hay —si hay algo— entre la mujer que soy y el autor que digo ser.

Charlotte Brönte

¿En qué se parecen el sustantivo "desierto" y el verbo "desertar"?

Quien deserta deja atrás sus vínculos, traiciona pactos, rompe los votos que pudo haber hecho.

Y después busca, en el desierto de llegada, un nuevo nacimiento.

Un territorio pleno, caótico, como el de cualquier inicio.

Y ofrenda, a cambio, migraciones, himnos.

El sonido primordial de un oratorio.

La infancia de unas aves que reparten signos por el mundo.

A eso lo he llamado: el más allá de la escritura.

El hexagrama de la Dificultad.

Una de sus más altas aventuras.

Escribí:

Querida Mamá,

Gracias por llevar mis libros al concurso de la Municipalidad y también, por la información sobre las becas. ¡Te voy a contratar de agente literaria! (...) Empecé el libro del que te hablé (...) Llevo escritas 47 páginas. No está mal ¿no? (...) Mirá si acabo escribiendo una novela. (...) Lástima que a veces me desanimo. (...) Con los chicos y las clases y el trabajo, no me alcanza el tiempo para nada. (...) ¿Te conté que me van a traducir al inglés? (...) Cuando vaya a Buenos Aires, me anotaré en la Dante para hablar con vos italiano. (...) Un beso grande es poco. (...) Tu hija, que te quiere cada vez más.

Tu movida fue sagaz, Madre.

Me dejaste mis propias cartas, listas para ser leídas.

No había escapatoria.

Tuve que enfrentar el fraude más patético del mundo: yo.

¿Cómo explicar la obsecuencia?

¿La mendigación de cosas, en el orden causado y sin necesidad?

¿Las protestas de amor?

No soy justa. Nunca lo fui. Ni conmigo ni con vos.

(A veces pienso que la carencia daba sentido a mi vida).

No dije, por ejemplo, que cuando venías a Nueva York de visita con Papá era una fiesta recibirlos. Que siempre fuiste generosa, con nosotros, con los chicos. Que yo, tu *gran ilusión realizada, tu única posesión enteramente tuya,* te extrañaba.

Me estás mirando, lo sé.

Cuánta paciencia, pensás.

En esos viajes, Madre, eras feliz, siempre fuiste feliz en los viajes.

Además, habías logrado tu objetivo: me tenías a mí en Nueva York y a la hermana pequeña en París, las dos estudiando afuera, las dos consiguiendo reconocimiento profesional.

¿Qué mejor que organizar un "triangular": Buenos Aires-París-Nueva York?

Alguna realidad, pensé.

Alguna realidad, más íntima aún que lo real, debe haber.

Animal de baldío. Viento apretado al sexo. Cal de la disolución.

Cosas así.

El abismo no tiene biógrafo.

> *Si pudieras ver Roma Aetherius. (...) aprenderías de un golpe la hermosura del horror. Si pudieras no asustarte por las noches. Nauseabundos lisiados transidos enclenques se arrebujan entre harapos. Se han adueñado de las calles. Dicen que en su arquitectura están todos los viajes. Esos viajes que borran al viajero obligándolo a horadar lo que no sabe. Todo era locura y claridad. Nadie temía morir viviendo la muerte. Yo te digo Aetherius que el vértigo es un don.*

El párrafo, que figura en *El sueño de Úrsula*, habla de la Roma imperial, la Ciudad de los Césares. Pero es obvio que el ímpetu y su altísimo volumen son rasgos de Manhattan.

How much I love you, Unreal City!

A veces, su dibujo execrable me obnubilaba tanto que perdía la noción del tiempo.

Otras veces, me veía quieta frente a un espejo que se mueve, incansable, en torno a un hueco, donde todo lo que *no* está deslumbra, como en un poema.

Dije, como el pintor Rugendas en la novela de Carlos Franz:

Cuanto más lejos, más artista.

Y me quedé mirando el mundo desde la baticueva, embelesada por lo que daba cuerpo al suceder, la miseria anónima y activa.

Dije también:

Toda innovación se ejerce, sitiando las trincheras de un centro, desde una periferia fragmentaria.

Como en el Juego de la Oca, no hice más que avanzar, sorteando obstáculos y acabé de nuevo en el punto de partida.

Ese punto de partida es la belleza de lo incongruente.

Yo te digo Aetherius que el vértigo es un don.

Nunca me fui de la casa de la infancia.

De aquí no me moverán.

"La imagen que tengo de su rostro es turbia. Recuerdo que me impedía besarla, me rechazaba con la mano cuando quería acercarme. Mi madre encarnaba la locura. También yo soy madre. ¿Estaré loca?".

Marguerite Duras

"Hoy ha muerto mamá. O quizá ayer. No lo sé. Recibí un telegrama del asilo: *Falleció su madre. Entierro mañana. Sentidas condolencias.* Pero eso no quiere decir nada. Quizá haya sido ayer".

Albert Camus

"Quiero a mi madre, pero cargar con su vida implica inmolarme. Y claro que me inmolo. Por supuesto que me doy en holocausto".

Alejandra Pizarnik

"Lo peor es el contacto, siempre frío, huesudo, inoportuno. Entendí la lección rápido: mejor alejarse de los cuerpos. Por eso amo a los grandes escritores, los muertos son mucho más seguros".

Susan Sontag

"No sé qué daño es este / vos me acunaste yo te ahueso / ¿te das cuenta del miedo que me hiciste, madre?".

Juan Gelman

"Quien no tenga madre, tendrá libros".

Susana Thénon

"Yo visitaba a Mamá con frecuencia. Cuando llamaba a la puerta y la oía arrastrar las chinelas, me prometía a mí misma que esta vez procuraría entenderla. Cinco minutos después, me había dado por vencida. Sus frases me sacaban de quicio como cuando, a los veinte años, trataba de embarcarse en temas íntimos conmigo".

Simone de Beauvoir

"He amado a mi madre con una pasión casi criminal".

Stendhal

¿De dónde sale este coro de madres letales?

Cuando se publicó *La jaula bajo el trapo*, sentí una culpa atroz.

Había viajado a Buenos Aires para la presentación del libro y temía una hecatombe.

Mi madre detestaba la insolencia, sentía horror del qué dirán y juzgaba de *muy* pésimo gusto ventilar intimidades.

¿Cómo presentarle un hecho consumado?

En el libro yo la atormentaba, la plagiaba, la ponía en lo más cumbre y lo más vil, y la enjuiciaba, sin miramiento alguno.

Un espanto.

Ningún sosiego no obtendría de mis manos, ni en grandes o pequeñas letras.

Ana Cristina Cesar habló de "la maldad de escribir".

¿Se refería a esto?

Decidí que lo mejor era avisarle y le di un ejemplar, apenas salido de imprenta, con esta dedicatoria: "Espero que puedas leerlo como *un libro*. De lo contrario, habré fracasado como *artista*".

Hay que tener tupé.

Dos semanas después, me dejó un sobre en portería.

Adentro, imitando mi estilo, una sola frase:

"Se oyó decir a la madre: La hija sufre todavía. Cuánto lo siento".

Instrucciones para escribir un Réquiem.

Se elige, como punto de partida, el Partenón de las palabras (Calasso).

Se plantan pistas falsas, se ocultan pruebas, se tergiversan hechos.

Cualquier cosa, menos la hipocresía de la higiene.

Se pasa de la desventura al maltrato. Del maltrato al silencio. Del silencio a la desventura otra vez.

Se avanza poco.

No hay, lo que es peor, adónde ir.

Si hay adónde ir, no hay escritura.

Se va y se viene de la amnesia.

Hay apenas casas de muñecas, islas, flirteos refractarios con lo excéntrico.

Se expulsa del trono al argumento, a la aburrida actualidad.

El corolario es un fortín. Un teatro estallado. Un circo de malicia y tozudez.

Cuando lo escrito falla, y eso ocurre rara vez, hay esperanza.

Se puede empezar a empezar.

A iluminar aquello que se oculta abajo del lenguaje, ya sea algo o nada.

A esto lo llamó Beckett *Literature of the Unword* (*Literatura de la Despalabra*).

Ay, Madre. ¿No tendrán de cesar las preguntas? ¿Andaré siempre estudiando tus frases con lupa?

¿Qué querés? ¿Una vida como la mía? ¿Casarte? ¿Tener hijos?

En mi noche sin pausa, me parece entender que anhelás para mí un porvenir brillante, una solvencia que no necesita de nada ni de nadie, porque tiene sus leyes, sus jueces y, sobre todo, sus recursos propios.

¿Cuántas cabezas hacen falta para calmar los caprichos de una reina loca?

Curiouser and curiouser.

Te interpreto seguramente mal.

No llega nadie.

Ni un fantasma ni otro fantasma ni la peor humanidad.

Por supuesto, traté de probar tu error.

De mejor en bueno, lo hice *todo*: estudié, trabajé, gané dinero, tuve hijos y escribí, sin renunciar a vivir con un hombre.

También hube el sexo (más o menos), conseguí serme un río revuelto, y hasta logré cierto éxito trenzando el vacío.

El problema es que, para lograrlo, tuve que usar los métodos que me habías enseñado: la voluntad, el tesón, la estricta prescindencia de la pereza.

¿Destruir es conservar?

Toda regla, escribió Fourier, engendra su contrarregla, tan dogmática y arbitraria como ella misma.

Alguna vez, también, atisbé la otra orilla y quise asirla.

Hablo de la paz de las aguas.

Del secreto y su enunciado.

El plan no prosperó, no afianzó mi valimiento.

Tuve que habituarme a lo peor, quedar varada en el montaje de las ruinas.

Como en la escena aquella de *Fanny y Alexander*, cuando después del entierro del tutor malvado, el chico corre alegre por la casa y tropieza con los zapatos negros del muerto, y alza la mirada y la cámara sube por la figura del pastor que, intacto en su estatura y más vivo que nunca, le dice con vileza: "Pensabas que te ibas a salvar tan fácilmente".

Con los doctorados en mano y diez años después, no hay razón para seguir en Nueva York.

No, al menos para el hombre con el que vivo, que nunca apreció el Primer Mundo y menos aún, a los estudiantes del Primer Mundo.

No son humanos, decía.

¿A quién se le puede ocurrir ir a clase en patineta? ¿O inaugurar el año lectivo con globos y banderines?

El campus le parecía atroz.

La política local, ni hablar.

Nunca entendió por qué no había huelgas ni enfrentamientos ni marchas como dios manda.

Por qué, en las protestas gremiales, cuatro gatos locos daban vueltas en círculos, con pancartas que daban pena, protegidos por vallas y policías sonrientes.

Yo también no.

Yo habría exclamado *HOME*, alargando el dedo como el E.T. de Spielberg, ante el perfil alucinante de Manhattan, de haberlo visto en un rincón cualquiera del planeta.

Siempre estuve enamorada de su fiesta hostil.

Así fue como fue: por años discutimos el tema del regreso.

Yo hacía la pregunta de Bolaño:

¿Se puede extrañar un país donde se estuvo a punto de morir?

Él escuchaba al gordo Muñoz, iba a Queens a comprar diarios argentinos, sabía lo que pasaba en Buenos Aires, como si no se hubiera ido.

Después salía a caminar de noche, sin decir adónde iba, con mucha ocultación.

Hago lo que puedo, dice.

Yo siempre fui despierta, pero ahora miro hacia otro lado, mi matrimonio es funcional, es todo lo que importa.

Cada cual atiende su juego.

Después vuelvo a la carga con mis argumentos: que un doctorado trunco, que los chicos, que la experiencia y, sobre todo, que la idea de irnos afuera había surgido única y exclusivamente de él.

Esto último es fundamental.

Y un poco falso.

Después, me daba media vuelta y volvía a las andadas, exploraba muelles, zoológicos, librerías, zonas rojas, clubes de jazz, barrios desmantelados (que parecían Beirut) y regresaba para encerrarme a escribir.

Me perdí, en cambio, las series de televisión que él *sí* miraba con los chicos: *The Wonder Years*, *The Cosby Show*, *Family Ties*.

Así fue como fue.

Inarmonías.

Complicado el misterio de una casa en guerra.

Por años, nos mantuvimos en pugna, sin encontrar concordancias, sin saber qué hacer con eso que se alzaba afuera, excesivo e incierto, como una pesadilla esplendorosa.

Eso fue para mí la biblioteca de la universidad de Columbia: un laberinto donde vivir se alivia.

Yo aprecié, por mi vida, aquel ímpetu.

Lo que iba siendo, aún en contra, señal de entendimiento: puestas al día ante al lenguaje, estallidos propios del corazón.

Sucede así.

Cada domingo, durante una década, después de acostar a los chicos, cruzo el campus y entro en ella con dos pilas de libros.

Los devuelvo leídos y saco una pila igual.

La seria diversión avanza con los puños tensos, sin saber todavía —no del todo— que las alas del mundo aman la alegría.

Siempre encontré lo que buscaba. Y lo que no buscaba, también.

Esas noches, con el frío golpeándome la cara, me siento a merced de todos y de nadie. Puedo caminar con el cerebro, adiestrar la mirada, decir soy y punto.

El hombre, al que llamaba mi compañero, terminó recriminándomelo, años después, en las peleas.

Decía: Ibas a la biblioteca feliz, y subrayaba *feliz*, como si fuera una desviación ideológica.

No sé cuántos libros leí en esos años.

Un libro llevaba a otro, y ese a otro, y a otro más, enseñándome el arte de la deriva.

Eran tiempos.

Bestiarios de no acabar.

Hasta me consolaba —a veces— de no haber tenido de chica la biblioteca de Borges.

Cuando quise acordar, la batalla era campal.

Y la confusión, enorme.

Yo hacía esfuerzos por decir preguntas en el ningún negar, por enseñarle cosas a mi inteligencia.

Como quien mira desde el después, de lejos a lejos, sopesé ambiciones, silencios, desgastes.

Quedarse implicaba seguir viviendo en la cresta del mundo, viajar cuanto quisiera, y sobre todo, permanecer lejos de lo que me atormentaba.

También suponía peligros un poco tremendos.

¿Y si acababa volviéndome una escritora sin casa,

sin tradición ninguna, una curiosidad "latina" en los estantes de lo exótico?

¿Si perdía el oído para percibir eso interno, desafinado y díscolo, que se esconde siempre en la lengua materna, irreconocible de tan verdadero?

Regresar, ni qué decirlo, me aterraba también.

El fantasma peor es el *arraigo*, con todas sus celdas, sus asfixias viejas.

En otras palabras, renunciar al lujo de seguir perdida, al privilegio de no tener a nadie a quien rendirle cuentas.

(Mis amigos pueden dar fe de este atolladero).

Le endilgué a Sambatia, la poeta que quería urdir "poemas como catedrales" en *El sueño de Úrsula,* el inventario entero de mis paranoias, y hasta le hice rezar una plegaria:

> *Señora de las Cosas que Emigran:*
> *Por los doce signos del Zodíaco, los doce meses del año con sus dos solsticios y sus dos equinoccios, por la luna que almacena la ira y los poemas, por todo el mal de nuestro siglo, permite que siga siendo vulnerable, angustiada, productiva.*
> *(...)*
> *Líbrame de los envidiosos, de los que se creen genios porque estudiaron el trivium, de la vergüenza ante el elogio, y de necesitar pliegos de recomendación.*
> *(...)*
> *Líbrame también de la rueca femenil, de lo que pretende ser afecto y no es más que deseo de control, como*

ocurre siempre en las familias, y sobre todo, de los enamorados de los espejos, de cualquier sexo que sean.
(...)
Sálvame de la estupidez de los torneos y otros pasatiempos masculinos, de las jaurías de soberbios, de los ladrones de ideas, de las rapiñas entre pares, las zancadillas, los pisotones, los puntapiés y, también, de los tiburones que pueden aparecérsele a una en las fiestas más inofensivas de la Corte.
(...)
Y no olvides protegerme de los que aducen haber obedecido a otros para justificar sus crímenes, de la gente buena en particular, y de los seres humanos en general, que son más mediocres que desesperados.
(...)
Y de los que se creen héroes o santos, que son la peor lacra.
(...)
Me diste el privilegio de una infancia con muchos desplazamientos, concédeme ahora la longitud del exilio, vivir en grandes ciudades y evitar la provincia, sobre todo la mía, porque su pequeñez es contagiosa y no se ve.
(...)

En suma, no sabía qué hacer.

A veces, pensaba en la novela *Giovanni's Room* de James Baldwin.

En la frase que un amigo le dice al protagonista expatriado en París.

"Mejor no vuelvas; conservarás por más tiempo la ilusión de tener una patria".

Otras veces, me preguntaba con mala intención:

Volver, ¿adónde?

O me perdía en la encrucijada de Joseph Brodsky, el poeta ruso instalado en New England.

"Si alguna vez hubo algo real en mi vida fue precisamente ese nido, opresivo y sofocante, del que había querido siempre, con desesperación, huir".

Tal vez la aversión no fuera, al fin y al cabo, más que una añoranza encubierta.

Y la añoranza una especie de vejez.

Así no voy a ningún lado, pensé.

Con abiertos los labios de la boca, ni nada no dije.

Me callé de un repente.

Me guardé en los cuarteles, los bastantes silencios, por todo arsenal.

A rose is a rose is a rose, escribió Gertrude Stein.

También una década es una década.

A lo último, él dijo:

Listo. Terminé el doctorado. Ya no hay motivos para quedarse aquí. Si vos elegís otra cosa, está bien. *Yo* me voy.

Lo escuché primero como quien oye llover.

Tal vez no le creí.

O recordé las vísperas, Madre, cuando me hablabas y yo, con sensatez ninguna, desde apenas en mi mocedad, te escuchaba con fe.

El hombre, los árboles, el vaciadero.

Después empecé a dudar, sucesiva e inversamente.

La perspectiva de quedarse sola en la ciudad extranjera, sin dinero y con hijos entrando en la adolescencia, no parecía espectacular.

Además una mujer, por más escritora que sea, no es una descocada ni lo quiere ser.

Me dije:

Ya basta de tus discursos.

Hay que ser idiota para seguir creyendo en un libreto así.

Transigí bajo protesta.

Tamañamente tomé la decisión.

En un gesto heroico y un poco teatral, levanté la casa, metí todo en containers y volví a Buenos Aires.

Y así empezó una mudez, un yo tirada ahí, en un sillón azul, en pleno abatimiento.

Me quedé bien huida.

Como si fuera Ovidio a orillas del Ponto, me aferré al malhumor. Las modas detestables de los años 90 me irritaban, el deterioro gritando grandemente, como si la vida estuviera irremediable o ya toda usada o rota.

Tristia.

Fue un interregno de apenas cinco años pero me alcanzó para trazar un anagrama de mi nombre.

Museo Negro fue un plan de autodefensa, lleno de vampiros, espectros, niños-viudos, artistas del hambre.

No me arrepiento: la biblioteca gótica es de una riqueza apabullante, nunca leí libros tan bellos.

Otra vez me protegía distanciándome.

(El anacronismo es una subcategoría del encierro).

Vive y averigua quién eres.

Hablo de cosas de androso valor.

De súbitas dádivas de fulgor y morir, de ver cómo el cinismo se volvía ley y lo vulgar estilo.

Miro a mi alrededor y cuento desaguisados, banalidades, arrogancias de todo tipo.

La oscuridad es un exceso de luz.

¿Por dónde esperar el alivio?

¿En qué esquina el milagro de aquellos pájaros extinguidos?

Tenía razón Juan Gelman:

"La / ave se fue a lo no soñado / en un cuarto que gira sin / recordación ni espérames".

En síntesis, nada funciona.

Ni los hijos se adaptan ni la pareja hace pie.

¿Por qué insistir en un lugar que siempre me asfixió?

Empiezo a buscar trabajo para volver a irme.

Va a ser difícil conseguir un puesto desde el extranjero. Y encima, quiero volver a Nueva York, el lugar más codiciado.

Insólitamente me ofrecen trabajo en Sarah Lawrence, un college prestigioso, dedicado por completo a las artes.

Dicen que Yourcenar y Sontag enseñaron ahí.

Esta vez me voy siguiendo a los hijos, con visa de trabajo, sin entender qué cosa horrible le está pasando a mi vida, por qué el desamor se creció tanto, de dónde salió esa chica rubia que movía el pelo al reírse, y acabó llevándose *la belleza del marido.*

You've come full circle, dicen en inglés, para aludir a un giro de la vida que nos fuerza a reevaluar una experiencia.

La prueba, que parece promisoria, puede resultar fatal.

En mi caso, nada me prepara para el shock.

Estoy en la esquina de la calle 14 y la 7ª avenida.

Es una noche de octubre, no demasiado fría.

(Siempre fui mucho a la calle 14: me encantaban las tiendas de segunda mano, los locales kitsch, ese aire a bazar interminable que pertenece por igual a la opulencia y a las porquerías de la imaginación).

Pero ahora, todo parece rechazarme.

Es como si un velo se hubiera corrido, dejando ver un deslumbramiento muerto, una decepción que se parece a un cuerpo anestesiado, desprovisto de capacidad de reacción.

La ciudad —a la que tanto aposté— me está dejando sola.

Me quedo quieta.

Empiezo a llorar.

También este es un llanto antiguo, gutural, como el tuyo de aquella vez. Una suerte de alquimia invertida de cualquier triunfo, incluso real.

La palabra es el único pájaro que puede ser igual a a su ausencia, escribió Roberto Juarroz.

Silvina Ocampo: Todo llega, hasta lo que uno desea.

Io comincio a fare poesía, escribió Pavese, *quando la partita è perduta.*

La frase es brutal. Y exacta.

Dice lo que hay que saber sobre el vínculo incierto —y fundamental— entre literatura y duelo.

Así empecé *La Anunciación.*

Al regresar a Nueva York, como una mujer sola, escaseada, rodeada de obstáculos.

Mi madre, por una vez, se guardó los comentarios.

Yo los oigo igual.

Seguro que no le planchabas las camisas.

Te lo dije: falta de clase, alguien sin índole.

Vos le quedabas grande.

Tenía que encontrar el modo de hacerte bajar los humos.

Un cobarde.

Un don nadie.

Estoy enferma de dolor.

No quiero escuchar, quiero sufrir.

Subirme afuera de los hechos.

Quiero mucho saber lo que pasó.

Lo quise con urgencia.

Las plenitudes. Los portazos. Los odios sin rumbo. La inventación de todo, sin lugar alrededor.

De las Ediciones Paulinas a tus peroratas obscenas, me lo habías inculcado todo.

Los hombres son todos iguales.

Sin que te doblara el ansiar, ninguna piedad.

¿Una excepción?

Jamás.

Ni siquiera en las épocas de Platero es pequeño, peludo y suave.

¿Y si hubieras tenido razón?

¿Si al final de todas las cuentas, no quedaba más opción que rendirse a la evidencia?

Esa Navidad, desvalida como un perro, llevé al hijo menor a patinar sobre hielo al Central Park.

Era una noche de ensueño, con temperaturas bajo cero en Farenheit.

Límpida, como la nieve que caía, como la luz de los edificios que rodean el parque, como esa tristeza que me ahogaba adentro y me dejaba tiesa en medio de la pista, como si algo insistiera en señalar, y escamotear al mismo tiempo, lo aún no acontecido.

No tuve más idea que caerme.

Dos hombres me levantaron, me pusieron en un taxi con el hijo, y me despacharon al St. Lukes.

A la mañana siguiente me operaron.

A esto le llamábamos, en la militancia, quebrarse.

Quiere decir: abandonar la causa, no creer ya en los ideales.

Estuve postrada tres meses, desmoronándome por dentro.

No tenía lo que hacer. O tenía el caos de la vida, la cosa ninguna.

A veces meditaba míamente.

Intentaba explicarme los pensamientos de una idea que se me escapaba. Hablaba sorda. Decía cosas descabelladas a nadie, sin ton ni son.

Sei stata una vera signora, me dijo una colega italiana, refiriéndose a la discreción con que afronté el divorcio.

Es cierto: nadie en la universidad se enteró del derrumbe.

En cuanto pude, retomé las clases como siempre, sonreí como siempre, cumplí con mis obligaciones como siempre.

Una hija modelo no es una Catita.

Esa etapa duró una eternidad.

Son cosas medio importantes.

Pero no todo fue para desánimo.

No todo arriaba para abajo.

Con el tiempo, aprendí a jugar al pool, tomé clases de squash, escuché a la banda Morphine, me hice adicta al film noir y a los hombres más jóvenes que yo.

¡Mirá qué suavita estoy!

Tuve que aprender a estar alegre y triste juntamente.

Pretérito en la luna.

Álgidas estrellas.

Aldebarán, Sirio, Alpha Centauri.

Alabado seas, Nadie.

Hasta que un día escribí en una hoja suelta:

Nadie sabrá jamás lo que me cuesta el presente. En el presente, la que respira soy yo, también es yo la que se muere a cada bocanada. Avanzo con muletas, como si estuviera aprendiendo a caminar, estoy aprendiendo a caminar. Es estupendo caminar en Roma. De pronto las calles inmundas son un silencio blanco, como un jardín de mármol donde florece una estatua y esa estatua sos vos, o mejor dicho tu ausencia, iluminada. Es estupendo el verano escrito. Es estupendo porque nada cambia, ahora mismo escribo "Es verano" y será verano para siempre: grillos que cantan. Y después, vendrán generaciones futuras, y tocarán este dolor y alguien dirá, con palabras insulsas, hubo alguien, alguien hubo que escuchaba cantar a los grillos en una noche en Roma.

Ese párrafo alcanzó.

Entendí de un repente que, al perder la *belleza del marido*, había perdido un testigo.

Yo había tenido *otra* vida, *otros* ideales, *otras* convicciones, y ahora no había nadie que pudiera dar fe.

Nadie que dijera hasta qué punto.

Eso me despertó.

Amanecía en lo parado de las cosas, lo que existe porque sí, sin mediación ninguna.

Me quedé atenta, eso sí, al vuelo de las golondrinas, casi.

A lo mejor, pensé, las golondrinas son lo único que existe.

A lo mejor, también ellas ponen huevos de hierro.

Después volvía a la escritura.

Tenía que explicarme la derrota, la personal y la histórica.

Tenía que internarme una vez más en la década enterrada, con sus tumbas líquidas, sus centros clandestinos, su realismo sucio en toda la cara.

Así fue como fue.

Todo empezó a bramar, por orden mía, a dar cuerpo al suceder, a volverse fuego callado y sabio, sin más excusas ningunas.

Tenía largas conversaciones con los personajes que yo misma iba creando: el Bose, Humboldt, Emma, y el monje Athanasius que fundó en Roma, en pleno siglo XVII, el primer museo del mundo.

También te escribía cartas.

Querida Mamá,

El comienzo de un libro es difícil. Igual avanzo rápido. Esta beca en Roma es una bendición. No hago más que pasear, leer y escribir. Visité las galerías que me recomendaste: la Borghese, la Doria Pamphili, el Palazzo Barberini, la Villa Farnesina y, de vez en cuando, me tomo un helado. Es mi programa de rehabilitación emocional.

> *En el sueño* —escribí en *La Anunciación*—, *se oían timbrazos procedentes de la mesa del Tribunal y el Juez empezaba a leer con expresión severa la*

larga lista de los cargos imputados por haber, con premeditación y alevosía, infringido, vulnerado, conculcado, los derechos fundamentales de sus conciudadanos, dijo, en otras palabras incurrido en los hechos tipificados por las normas establecidas en el Código Penal de la Nación, sin prestar demasiada atención al abogado, mejor dicho, al defensor de pobres y ausentes que, con escasa convicción, por puro formalismo, presentaba las habituales excepciones, mientras yo era conducida al banquillo de los acusados y ahí nomás, se me ordenaba responder a la pregunta Se considera usted culpable o inocente. Tenía que empezar a hablar y no me salía nada, por más esfuerzos que hiciera con la boca y sin mirar a nadie, hasta que al fin pude decir, torpemente, balbuceando, que antes de responder había que esclarecer el significado de las palabras porque no creía que, para mí y para ellos, culpable e inocente, tuvieran el mismo significado, más o menos algo así dije, cuando oí un grito del fiscal que me ordenaba responder a las preguntas sin recurrir a triquiñuelas. Entonces empezó su larga acusación, banda armada dijo, que yo había sido miembro de una banda armada, que había integrado, en calidad de aspirante a miliciana, el aparato subversivo, mientras sacaba a relucir legajos y yo, no es que quisiera negar y menos renegar de lo que hice, porque sí, dije, he pensado que esta sociedad en la que vivimos tiene que cambiar, aquí no estamos juzgando ideas, tronó el fiscal, sino hechos, unos hechos que las leyes califican como delitos y que han con-

ducido al país a un horrendo, imperdonable baño de sangre, o usted se olvida de todos los muertos que han causado las ideas de gente como usted, lo que ustedes han hecho no tiene nombre, repitió, y yo miré la libretita que me había dado el Bose y la apreté con la mano, en ella estaba encerrada la locura, la felicidad de esa época, hay que alejar, decía el fiscal, cualquier tentación de justificación social, política, cultural de lo que ustedes hicieron, la responsabilidad directa o indirecta en los hechos delictivos enumerados en la causa ha quedado plenamente probada, el intento de sembrar el caos, de anular las instituciones fundamentales de nuestra república, la familia, el estudio, el trabajo, no, ustedes no eran revolucionarios, eran vándalos, seres transformados por el odio, a lo sumo, jóvenes inmaduros y desprevenidos que otras mentes perversas adoctrinaron en el caldo de cultivo de las universidades, inculcándoles una pedagogía de la violencia, incitándolos a poner en práctica los predicamentos de la desgracia, pero eso no cambia en nada la naturaleza bestial de sus delirios torrenciales que han llevado el luto a tantas familias honestas, cristianas, inocentes, laboriosas, aquí están, dijo el fiscal señalándome a mí y también a vos, al Bose, a Emma, y a tantos otros compañeros que ahora estaban parados detrás mío, aquí están, repitió, estos son, pensé yo, mientras él seguía con su discurso, cada vez más fuera de sí, estos crímenes no quedarán impunes, repitió, la Patria nunca les perdonará el que la hayan transformado en un lodazal de la historia, cosas así.

La poesía pertenece a la política de un modo singular.

La frase es de Alain Badiou y figura en su libro *La politique des poètes*. Esa pertenencia consiste en sostener una *no* pertenencia.

¿Y en qué consiste esa *no* pertenencia?

En producir, contra la apología del sentido, un cortocircuito en el lenguaje para que el pensamiento advierta su propia insuficiencia.

En el poema —verdadero "inutensilio", según Paulo Leminski— las palabras se niegan a servir para algo; solo aspiran a la inadhesión, exhibiendo de ese modo su rechazo a cualquier doxa.

Los poetas lo han dicho de mil modos:

Escribir es susurrar lo que se ignora.

Lo escrito no es espejo.

La claridad no es más que la cara amable de la sombra.

La poesía piensa al interior de la poesía misma.

Preserva algo de la infancia antes de la palabra.

Se quiere inactual, sin atributos, sin mundo.

Es anterior a la verdad (la verdad es la más peligrosa de las mentiras).

Un poema, escribió Huidobro, es hermoso porque crea hechos extraordinarios que necesitan del poema para existir en algún lado.

Araignée du soir, Espoir.

Algunos falsos silogismos:

Mi madre no fue feliz.
Mi madre es una mujer.
Qué fiasco.

Escribo porque no sé tocar.
Bonito tema para un opúsculo.
Mejor el anillo del Capitán Beto.

¿Adónde va el irse?
Mi madre en la máquina de escribir.
La niña aprende a ser huérfana.

Ha muerto un pájaro.
Se traspapela el otoño.
El viaje no espera.

El hambre duerme conmigo.
I'm reasonably unsexed.
¡Qué cosa adentro es un libro!

No se trata de esquivar la polémica.

El cineasta checo Ian Švankmajer, por ejemplo, montó en cólera:

"Me opongo a reformar la civilización con mi obra".

"Hace mucho que renuncié a eso".

"Todo intento de aleccionar a la sociedad fracasa porque, al tener que utilizar un lenguaje que esta pueda entender, se cae en la más burda complicidad con lo que, en teoría, se pretende cambiar".

Theodor Adorno fue más lejos.

El arte, dijo, no necesita afiliarse a nada. Le basta con preocuparse de su propio material —donde, dicho sea de paso, habita la sociedad entera— e instalar allí su crítica del poder.

El arte, en definitva, no es de orden ideológico sino pulsional.

Ninguna reglamentación le sirve.

Ninguna militancia.

Salvo, tal vez, la que busca restituir al mundo su condición de materia opaca, dejarlo a merced de su propia deficiencia o, en el caso de la escritura, explorar la lengua, como quería Juan José Saer, con incertidumbre y rigor, sin más interés en la moral que la moral de la forma misma.

Cuentan que en el siglo X el rabino de Praga Judah Loew narró la historia de dos peregrinos. El peregrino del primer camino descubre y retiene cada día una cosa que ignoraba. El peregrino del segundo camino olvida cada día una cosa que sabía. Para el primero, el deber es cubrir de negro una página blanca. Para el segundo, blanquear el corazón ennegrecido.

A esto se le llama aporía mayor.

Bienvenidos a la *fantasía exacta* de la literatura.

No pensé que, en los años, me tocaría cuidarte.

Que empezarías a doblarte, caerte, volverte diminuta.

Quién sabe, me decía, a lo mejor eso es bueno, me permite tenerte menos miedo.

Empecé a preguntarme cosas: qué clase de niña fuiste, por qué el asma, cuándo empezaste a sufrir.

Te habías mudado mil veces. Solo en la escuela primaria, diez casas, diez barrios, diez maestras distintas.

¿Por eso es que, en casa, cambiabas los muebles de lugar?

¿Hilabas así tus catástrofes?

Ningún decorado.

Ningún amor te parecía fiable.

Ningún animal terminado.

Nada que no fuera la fusión más total y absoluta te alcanzaba.

Y encima, la moral pacata de tu tiempo, tu enciclopedia de saberes inútiles, tus vocaciones truncas.

Quién sabe, Madre.

La pena en existiendo ningún sosiego no trae, ningún señuelo de felicidad, ningún regresor nunca.

En cuanto a mí, no sé cómo ser menos dura.

Cómo evitar que el dolor ya no nos una.

Todo lo que digo acabará hiriéndome.

Me asusta estar asustada, Madre.

Me atemoriza todo, hasta la ornitología.

Hay múltiples maneras de estar presa.

Muchas formas de quedar atrapada en una jaula abierta.

Hagan sus apuestas, caballeros.

La rueda se ha detenido   se ha deteni-

dos tres dos   dos tres dos   dos tres dos

(...)

Camus escribió:

"Voy a contar la historia de un monstruo".

Toda su obra es la expresión de un duelo.

Más exactamente, la expresión de un duelo infame.

El duelo es un proceso largo.

Su tema es la soledad.

Su vocación, la rabia.

Y a mí, Madre, ¿me dejarás sana alguna vez? ¿O te volverás, incluso muerta, subrepticiamente viva, causando todavía más daños?

Estoy radioactiva hoy.

Con el televisor apagado y ninguna clemencia.

Que nadie interrumpa esta tirada, hasta que no esté completa.

¿Qué estaba diciendo?

No me acuerdo.

Ah sí.

Que, cuando digo adiós a nada, la insuficiencia del mundo enloquece, el libro se vuelve madre, y el viento rueda frío.

A vos hay que leerte con diccionario. ¿No podrías ser más clara?

Ufa.

Mejor cambio de tema.

Me puse a estudiar italiano.

Cuando estoy en Buenos Aires, vamos juntas, una vez por semana, religiosamente, a la Lectura Dantis.

Las dos sentadas en primera fila.

A esta hija no la quiero *nada nada nada*, le decís a la profesora.

Es tu forma de decir que me querés mucho.

También los domingos leemos a Leopardi, Morante, Montale, Ungaretti, Pascoli.

Esas tardes, mi madre sostiene el Garzanti, hace esfuerzos por dar vuelta las páginas, las manos no le responden.

No hay contacto físico.

El roce, entre nosotras, fue siempre así: imposible.

Ella se pone rouge en los labios. Yo leo.

Antes de irme, le pido un abrazo de oso.

Es un invento de los Estados Unidos, le explico.

Le muestro cómo se hace: hay que acercar los cuerpos, poner los brazos así, dejar la caricia haciendo.

Fracaso, naturalmente.

Dejo tu casa después, algo mareada, como una niña devorada a medias.

Preguntas en el hogar mental:

¿Yo te resultaba extraña y por eso me atacabas?

¿Me mirabas como envidiosa o desconfiada?

¿Por qué competías conmigo?

¿Por qué te obedecí toda la vida?

¿Le debo a esta zozobra la escritura?

Aparte de eso, me pregunto si alguna vez seré capaz de hacer las paces, si podré honrarte lo suficiente, librarte de mi incompetencia en todas las áreas.

Ayudame a vivir, te digo, apelando a todos tus nombres:

Mater Dolorosa, Nuestra Señora del Verbo Dividir, Adoratriz de las Sombras, En el Nombre del Cuerpo y sus Faltas.

¿Te imaginás qué dicha?

¿Vos y yo despiertas en el sopor del mundo, sin apuro por lo que será, lo que pudo haber sido?

Lo que pase después, me da igual.

Probablemente nadie sepa qué hacer con lo que digo.

Y no importa.

Escribí:

What are poems?

Los poemas son centros adentro de un centro, micrografías del deseo, interioridades profundas que funcionan como defensas.

Son también fijaciones, mundos perfectamente completos y manipulables, abiertos al consumo del ojo.

Los castillos, las casas de muñecas, las islas son, en este sentido, hrönir de poemas.

(...)

El poema se debate entre lo que es y lo que podría ser, y apuesta siempre a lo absoluto, que no es sino la dicha de encarnar una primera persona, cada vez más imbuida de su propia ausencia.

Tu cuerpo fue siempre una espera, Madre.

Ahora mismo, en este enmedio de todo, te estoy haciendo una pregunta inmensa: este libro.

Y no contestás.

Un libro óseo, lleno de números místicos, sin ninguna función.

Un tributo en letras de molde.

¿A qué viene el apuro? ¿No te das cuenta de que no estoy? ¿No me alcanzás un saquito que está entrando un chiflete?

No tiene arreglo.

Agua eres y en agua te convertirás.

Ya debería saberlo: no se regresa al líquido del canto.

¿No se regresa?

a ciertos besos / mejor no entrar / se ve demasiado / o demasiado poco // ¿usted sabe quién soy? / sí una idea / una prisión arbolada / un gran lobo negro // ¿qué clase de lobo? / mi pequeño sol de aquel lugar / esas nieblas.

Tanto esfuerzo para llegar a esto.
Tanto renglón ingenioso y ninguna caricia.
Me estoy haciendo añicos melodiosamente.

En el dibujo hay un triángulo, un cuadrado, un rectángulo, un paralelogramo. Dos ventanitas rojas. Una chimenea. La nieve que se acumula afuera.

Hace frío en la casa de la infancia donde siempre es domingo, como hoy. La niña mira la nieve igual que mira a su madre. Con igual certeza e igual incertidumbre.

Lo real siempre juega a desaparecer.

¿Lobo estás?

Luego, sin que nada lo anuncie, algo llega.

Una jauría. Algo que devora.

Viene como viene a la conciencia, más temprano que tarde, la oscuridad de la carne, la sombra que somos.

La niña calla.

Mira las estrellas en el cielo que no dibujó.

Yo quisiera ver así: sin ver.

Hablo de la inocencia que sigue, no precede, a la pérdida de la inocencia.

Adentro de la casa de la niña, está el silencio de la niña. Son sus frases más claras, las que no dijo, las que no dirá.

También escribo por eso, para llegar a esa mudez.

Lo he intentado mil veces, he sembrado el camino de miguitas de pan.

¿Cómo explicarlo?

Un pájaro de agua se las comía, después me explicaba su pequeña teoría de la gracia. Decía: No hay victoria más alta que el fracaso, ese fracaso viene de adentro, nunca olvides que en la casa que buscas no hay nada, ni siquiera la niña con su hermosura triste, ni siquiera eso, tan solo tu propia sombra, a la espera de un esplendor invisible.

Me pareció que, al fin, mi libro tendría acústica.

Se oyó latir un corazón en la coraza.

Íntima con ella de un modo inexplicable para mí, la hermana pequeña se hizo cargo de lo más difícil: cambiar pañales, masajear la espalda, poner barrotes a la cama, manipular gasas, tijeras, algodón, palanganas, encontrando los gestos necesarios.

Yo, en cambio, prolijamente, me negaba.

No quería saber nada de tu cuerpo.

¿Ya dije que mi madre me parecía obscena?, ¿que todo en ella me resultaba demasiado gráfico?

Yo había sido una niña abierta, ella avanzaba sobre mí, invadiendo zonas, pensamientos, la totalidad del lóbulo frontal.

Un batallón entero de promiscuidades.

Testigo, cómplice, trinchera, abanderada.

¿Qué más quería pedirme ahora?

Perdónala, no sabe lo que hace.

De ese pantano, de ese agujero negro que me succionaba, me había protegido siempre.

Había aprendido a huir.

A no sentir, no enterarme de nada: ¡qué gran defensa la falta de percepción!

Ahora, por suerte, para cuidar a mi madre, está la hermana pequeña.

Pronto dividimos tareas.

En realidad, las hemos dividido siempre, como dividimos los celos, la envidia, el resentimiento. Como dividiremos, llegado el momento, quién paga el nicho de quién.

Con el tiempo, acabamos formando un tribunal.

Armamos legajos, ponemos la memoria en letra.

Abrimos expedientes. Constituímos domicilio, juntas y por separado. Aprendemos a contestar agravios, solicitar prórrogas, recusar peritos, oponer recursos extraordinarios, justificar a los presuntos imputados: la madre, el padre, nosotras mismas.

Dijimos:

No ha lugar, como quien dice: Autos para sentencia.

Nadie nos ganaba en elocuencia, nada hacía pensar que habría un final.

¿Para qué?

Si total nunca salimos de la infancia.

La infancia y sus criptas fueron regalos tuyos, Madre.

Las dos aprendimos rápido que el lenguaje es tramposo, acatamos férreamente la disciplina, atesoramos —con resultados diversos— las migajas del sentido.

La obsesión es requisito de nuestra supervivencia.

Quedan cosas pendientes.

Las cicatrices invisibles, por decir algo.

Yo siempre seré la cerebral, la rebelde, la preferida del padre.

La hermana pequeña, la hermosa, la expresiva, la guardiana de la madre.

Somos lo que somos.

A cada cual su castigo, su asfixia, su soledad.

Te oí literalmente dejar de respirar, Madre.

Te vi partir dejando un cráter en el lugar del mundo.

Estaba y no estaba preparada.

¿Para qué?

Para el alivio, el vacío, el horror de no sentir.

Ya no habrá reparación.

Vos me lo achacabas siempre, yo tenía el fanatismo de los chicos lúcidos: mucho cerebro, ninguna emoción.

Yo amaba como vos, Madre, aborreciendo.

En esto nos parecíamos: nunca me puse de rodillas, nunca seré melodramática, no soy demostrativa.

Ahora vendrá lo peor.

La pelea, a cuerpo abierto, con el significante ausente.

La restricción del fuera de campo.

Animalito de dios.

La escritura no consuela, no compensa de nada, apenas cuesta cada vez más.

Lo daría todo por el don de las lágrimas.

Nunca te mataré lo suficiente, Madre. Nunca estarás debidamente muerta. Ni siquiera en el tamaño de mi edad.

¿Es necesario escribir estas cosas? ¿A quien le debo esta franqueza de navaja abierta?

Tendré que pagar por tanta iniquidad, eso es seguro.

Se me ocurrió una idea.

Un libro póstumo. Qué encantadora solución.

Preservaría tu buen nombre y de paso, el mío.

No estaría mal: vos y yo juntas, de aquí a la eternidad, a salvo de cualquier culpa.

Te abrazaría y te daría calor, ya no tendrías que leerme, con o sin diccionario, porque ahora estarías ida, para siempre inasible, en lo madremente humano.

Mi cuerpo sería para vos, otra vez, una mantita.

La estufa que no había en la tumba del comedor helado de la casa de la infancia.

Yo, que era incapaz de mantener con vida a un cactus, te mantendría, incólume y gloriosa, en el umbral de la muerte.

Pobreza atroz la mía.

Me estoy yendo por las ramas.

Me estoy distrayendo de la noche arcaica, del enigma de mi cuerpo adentro tuyo, de esta Naturaleza Muerta que empecé a componer y aún no he terminado.

Debo concentrarme en los detalles.

Pondré, a la izquierda, los trofeos: las medallas de oro, los diplomas, el talento para la hostilidad y la metáfora.

A la derecha, una calavera, un reloj, bienes materiales.

Te dejaré reluciente como un molde de nada.

Un álbum, más provisorio que justo.

Un salón de belleza macabra.

Un libro abierto, al fin, a su propio libro.

Yo avanzo como si fuera un anfibio, desbordando mi propio río.

Ahora que todo se cumplió, puedo verlo con claridad: el gusto por los bordes, la debilidad por la falla, este breviario feroz de proposiciones falsas, Madre, me vienen de vos.

El hambre del exilio también.

La desmesura y su precio altísimo.

Debo apurarme, esto no durará.

¿Puedo hacerte una última pregunta?

¿En el comienzo hubo algo?

¿Nos queríamos de chicas?

¿Delicadezas hubo?

Sé que no podés hablar, ahora menos que menos.

Me queda el silencio. Esa música. Esa jaula donde todavía estás, cubierta por un trapo, diosa detenida.

La explicación de un enigma es la repetición de ese enigma, escribió Clarice Lispector.

Si uno pregunta: ¿Eres?

La respuesta es: Eres.

Lo comprobé la noche en que volvía de tu entierro: una mariposa se me posó en un dedo y viajó conmigo hasta mi casa. (No invento; tu nieta lo presenció).

Psyché.

La vida hace estragos.

Soy ahora una mujer desnuda.

Tan desnuda que, si estuvieras aquí, podrías estudiar mis dominantes, mis tónicas, mi aliento de marcha fúnebre para celebrar la pérdida.

He aquí el siendo del vacío, la mayoría de edad de un cuerpo que se cubrió con el sudario del lenguaje para envolver la nada con materia.

Vaya salto mortal.

Empecé clasificando, urdiendo nomenclaturas, y acabé volviéndome una entomóloga de la ausencia.

Una máquina de producir orígenes como los museos de ciencias naturales.

A lo mejor, la mariposa podría habérmelo explicado.

Por qué sigo teniendo miedo. Por qué insisto en contarme historias, por qué pretendo algo imposible.

Dije:

En tu casa enferma fui feliz. Una mujer me enseñaba juegos: a volverme transparente; a desear está prohibido; a esto no es amor, es puro sobresalto.

Pasó una angustia como desacordada, hubo una atmósfera escasa.

Rarísimo, hasta me sentía cómoda.

Daba vueltas a tu alrededor. Me entrometía en neblinas, tan triste que parecía alegre.

¿Qué estoy diciendo?

Esta es noche de mucho volumen. Ha durado tanto mi admiración grave. Ha crecido más que yo.

También esto no lo entiendo: cómo alguien existe, hasta cuando no está.

Las palabras siempre rompen algo.

O bien, lo que es igual, la escritura es un réquiem y esta, mi poética negra.

Hice mucho, montón.

Mi especie de venganza se puso a ser mayor.

Me falta tanto por aprender todavía.

No sé qué idea más grande que yo podría curarme.

No sé cómo llegar a ese lugar que todavía no conozco, donde se nace del todo, y el corazón se atempera porque morir, ahora, es su casa.

El corazón del daño de María Negroni
se terminó de imprimir en julio de 2022
en los talleres de Impresos Santiago S.A. de C.V.,
Trigo No. 80-B, Col. Granjas Esmeralda, C.P. 09810,
Alcaldía Iztapalapa, Ciudad de México, México.